独心纪

"既自以心为形役，奚惆怅而独悲"

玉璇 著

本书由美国 Asian Culture Press LLC 出版

Published by Asian Culture Press LLC

1942 Broadway, Suite 314C,

Boulder, CO 80302,

United States

Published in the United States of America

First paperback edition October 2022

本书2022年10月在美国第一次出版

目录

楔子

韩羽烟乘船靠近码头，烈日炎炎，蝉鸣声声。"多谢船家"颔首致谢后，她转身走进小巷。

路边的小贩叫卖声一如一个时辰前一般。只在一个时辰前，她气定神闲坐船赴会，哪料全然信任的伙伴竟临阵倒戈，致她失了晋升京城大通钱庄大掌柜的希望。

何道人心叵测，但论利来难拒。她这个女儿身为能在钱庄管事已许诺家族终身不嫁，也意味着失了另一半家族资源的可能性。

韩羽烟只觉心中烦闷，见路边小童携着一筐刚采的荷花，便买了两株这清香的菡萏。一袭碧青纱衣，执粉白两朵，踱进韩府后院。

"小姐，张二爷已在书房候着您了。"丫鬟茗岫说道。

张家二爷，名远浩，字乐然。玄衣金冠，执扇轻摇。笑着开口道："羽烟，今天这事是我对不起你，但无奈我家生意刚好有短处被人拿捏在手里，咱们可从长计议。"言罢拱手施礼致歉。

"岂敢，岂敢。"韩羽烟示意张二爷坐下，让茗看茶。

"二爷，尝尝这茶，是新进的六安茶，与进贡御前的是一匹货船来的京城。只这茶需得冲到第三遍，待嫩芽浮起才得其清苦后回甘的滋味。可见哪，茶亦如人，不经几遍沉浮，难识真味。"

"真羞煞我也。此次我欠了你一个大人情。随打随骂由你心意。"

见韩羽言只顾吃茶，并无愠色，张二爷只好自顾呷一口茶，淡淡言道："我这次前来，除了致歉，亦有一事相商。去年有一人自称礼部侍郎母家舅舅，与我家赊货丝绢一百匹，岂料乃一骗子，转手将货贱卖于他人。后见事情败露，只写一借条在此。"

说罢，将借条递与韩羽烟："羽烟，看在你我往日情谊，且帮我一回吧。"

韩羽烟接过借条，心里纳闷这张二爷刚刚无情倒戈在先，怎又有脸来求自己。转头又想，天下熙熙皆为利来，如若按钱庄旧规，替人追偿则五五分成，这笔生意倒也可接。

见韩羽烟收下借条，张二爷心情大好，料想由韩家出手，事情就有了一半转机。与韩羽烟寒暄几句便起身离去了。

"小姐当真不恼他？虽说他平日待小姐不薄，但终究不肯付与更多情意。"茗岫不忿道。

"没有情意方才好谈生意，若近了一步，反倒教人如何自处。"况且自己需终身不嫁才能守住韩家家业，又如何能与人在姻缘处相互计算，相互试探呢。

韩羽烟本就心里不快，愈想愈觉万事索然，吩咐茗岫不必传晚膳了，早早歇息下了。

第一章 雨幕初识

韩羽烟如平日一般在大通钱庄位于京城上市的账房内查看当日进出流水，室内点了清梅香，坐了约一个多时辰，只觉夏日湿闷，起身开窗。

凭栏远眺，见繁华的上市来往行人不绝，挑担的脚夫形色匆匆，远处湄河泛起波光，野鸭凫水觅食，万事各行其道。

自己的道呢，应该便是如履薄冰般握住眼前吧，付出需倍于别人，凡事再思量地更细一点，方可不至于依附他人求生活。

"呀，快来人看看我的儿！"被一阵喧闹打断思绪，抬眼望去，原是一小儿晕倒在路上，只见一身粗布白衣的男子走上前去查看，号脉扎针，小儿渐复神色，原来是暑气太重方致晕厥。

男子见小儿苏醒，又转身向后从筐中拿出草药嘱咐孩儿家人回去煎煮调养。

韩羽烟见此人剑眉星目，身形挺拔，虽着粗布白衣却不减其气度，医者仁心，更添几分浩然正气，不由颔首赞许。

"小姐，这是您让我追查的借条上欠债之人的详细名目，请您过目"韩羽烟被账房韩二打断思绪，转身接过纸张，欠债之人名为李飞，其样貌、居址、家财情况具有详细在册。

"小人已让府上兄弟散出去追查李飞，但这李飞据说狡诈至极，虽居住在京城，却有好几个居所和姘头，只怕捉住他还需些时日。"韩二说道。

"辛苦韩先生了。若张二爷着人来问，先瞒下这些，待捉住李飞再说。"韩羽烟言道。一个能诓骗住精明张家的骗子可能不如表面那么简单，不宜过度声张。

翌日，大暑。

宜静坐，不宜出门。

韩羽烟一人撑伞出了韩府，只为去凤鸣琴行取新斫的一把琴，因与琴师约定了此日，便依约而往，亦需亲身调音试弹；"清和节当春，渭城朝雨浥轻尘，客舍青青柳色新……"

弹罢一曲《阳关三叠》，韩羽烟收拾起曲中送友的不舍情绪，背着琴起身离开。

行至半路，忽觉迎面走来之人有点面熟，竟是李飞！便尾随其后，看其至何处落脚。天色渐沉，暴雨将至，只见李飞走进一家药铺"阳晖堂"。

雨滴落起，韩羽烟为避暴雨，为护新琴只得也躲进药铺。

"姑娘，问诊这边请。"药铺之中除了李飞只有这位一袭白衣的医者。韩羽烟跟着落座在李飞之后。

韩羽烟见医者以白巾掩住嘴鼻，不远处一堆尚未处理完的草药，许是这个原因才以白巾覆面吧，只觉这眉眼好生熟悉。难道是昨日那个粗布白衣的医者？

只见李飞一阵望闻问切，最后拿了一包草药，写了张字条留给医者，便起身离去。韩羽烟慌忙起身，却被拦住去路。

"姑娘，你还未看诊呢。请问有何不适呢？"

"我……我还没想好有何不适…"眼看李飞已撑伞消失在视线里，韩羽烟敷衍地回答道。医者身形一顿，对这个理由无奈地笑笑。

眼见韩羽烟追了出去，他走到门口，只见一袭青衣背一把蓝底白花的琴套，撑一把泛黄的油纸伞，伫立在雨中。

"姑娘，外面暴雨风急，还是先避一避吧。"韩羽烟丢了李飞的踪迹，想起刚刚的纸条，转身又进了阳晖堂。

"方才是我失礼了，还请先生替我看诊吧。"韩羽烟心想，既然来了不妨看看诊，近来暑气湿热，调理一下也是好的；找由头让医者多收些诊金也方便打探李飞之事。

"姑娘芳名？"

"韩羽烟，羽化的羽，烟云的烟。"

"有何不适？"

"心气郁结，积劳成疾。"

"噗……你倒替自己先下了诊断"医者摘了面巾，果然是昨日路边那人！韩羽烟自觉心中有愧，便想直言来意："先生贵姓？"

"在下姓江，名阳，阳晖堂的阳。"

"江阳……不像是医者名字，倒像是个大盗！"韩羽烟不自觉地笑了。久在钱庄，步步为营，很难对一个人无忌直言，却对这个只有两面之缘的人有着亲切感。或许是在不经意间感受到对方对于生命那种最质朴的责任感。

"哈哈，羽烟姑娘莫取笑我，我可只是略通医理，痴迷这些花草药罐罢了。"江阳笑着言道。

忽而天空落闪，稍后惊雷声至。江阳握住韩羽烟的右手腕，放于诊桌之上，安然号脉。

少顷，江阳起身制了几幅膏药交于韩羽烟："如羽烟姑娘所言，的确是平日忧思过度，阴虚气损。这几幅膏药贴于背颈，可活血安神。"

"多谢。"韩羽烟欲付诊金和药费，摸了摸衣下，却尴尬地发现只打算取一把瑶琴的她忘记带银两。

"姑娘在此避雨，权当是送与姑娘了。"江阳见雨势渐小，走进里间寻了件玄色斗篷，一把披在韩羽烟身上。韩羽烟不免一怔。

　　"刚刚淋了雨，披上这斗篷回去不会风寒入体，否则岂不是坏了我阳晖堂的招牌。慢走，不送。"江阳说完，戴上面巾，继续捣鼓起旁边的花花草草。

　　"多谢。"微微施礼，韩羽烟走出门去。

　　此刻骤雨初歇，绿肥红瘦，她心里一丝懊恼自己丢了李飞踪迹，一丝羞愧自己竟白拿了别人膏药分文未付，还有一丝由斗篷带来的温暖。

　　今日，果然，不宜出门。

第二章 择期之遇

"葡萄美酒夜光杯，玉碗盛来琥珀光"赵梦儿，韩羽烟的好友，固安酒楼的掌柜，前来夜访韩羽烟。

"羽烟，快尝尝，你爱吃的青提葡萄，颗颗去了核，加了秘制的糖水冰镇了一日呢。配上今晚的一轮明月，可应了这诗情画意。"

韩羽烟莞尔一笑："你这次次来都带这好吃的，可叫我以后赖上你这个大掌柜了！"二人坐在韩府后院石桌旁闲聊京城时兴的吃食花样，茗岫在旁轻摇丝面团扇，夜晚清风拂过，微醺沉醉。

"你且瞧瞧，这沓诗文中可有你中意的。这个月的魁首轮到你来定了，看看可有佳句合你心意。"赵梦儿言道。

原来这固安楼月月在京中收集文人墨客投来的诗文，每月评定魁首一名，酬金二十两，每年秋日再邀请各月魁首至酒楼参加诗文秋评，为京城人人称道的风雅之会。每月的魁首评定由五位历年的秋评第一轮流选定，这个月正好轮到韩羽烟。

茗岫将旁边的灯盏凑近，韩羽烟一目十行，顷刻阅完。

"这辞藻华丽的不少，引经据典的也有，可见京城的才子佳人们对你这固安楼的诗文魁首可是相当在意。"

赵梦儿呷了一口糖水，"那还是倚靠你们这前几位往年诗文第一积累的才名！我瞧着这个月的诗文尚佳的还不少，可谓是'江山代有才人出'了，你看了，可有中意的？"

"沉醉负白首，舒怀成大观"韩羽烟浅吟此句，"此句未有堆砌而具真情。醉生梦死的人不是最痛苦的，无时无刻不冷静自若才最痛苦。若能舒怀，醉有何难。"

"哟，你可是遇到知音之句了，怎还多愁善感起来。由我陪你沉醉，你可无需求什么舒怀哦！"赵梦儿言道。

"那是自然，只要梦儿姐常常带这些吃食来，我怕不仅是舒怀而已，得胖怀啦，哈哈哈"

二人言笑少许。赵梦儿正欲拜别，言及近日酒楼诸事繁杂，心绪难眠，韩羽烟取了上次阳晖堂所得膏药赠与她。

"此药何名？"韩羽烟闻其有菡苕清香，故言："这是阳晖堂的莲安贴。"

钱庄每开张六日休憩一日，此日正好是休息日。午后，韩羽烟弹罢一曲《秋风词》，正欲去书房，只见茗岫前来。

"小姐，这玄色斗篷是前些时日您和琴一起带回来的，已浣洗干净搁在我这好几日了。您看是要我收起来呢，还是……还是要归还给哪位公子呢？"

韩羽烟看着斗篷，想着是该差人去办此事："茗岫，你将此斗篷归还阳晖堂的江大夫，赠其十两以表谢意。另外，再带二十两，让他抄录一份李飞写的字条内容。"

茗岫领命而去，韩羽烟静坐而思，脑海里不觉浮现江阳的身影。这几日，她的确想过拿着斗篷去见他一面，却不知见面后如何应对，相见不如怀念。

思前想后，韩羽烟竟忘了去书房，待回过神来，茗岫已然回来了。

"小姐，斗篷江大夫已经收了，十两未收，说是医者举手之劳；李飞的字条他亦不愿抄录给我，因是患者私隐。"茗岫回道。韩羽烟听罢，嘴角泛笑，心下欢喜他确是固守原则之人，又发愁李飞之事如何追踪。

"晓得了。茗岫，你陪我再去一趟阳晖堂，我去看诊。"斗篷既已归还，再去只得以复诊的名义去了，将事情缘由托出，或许他肯帮自己。

"可是，小姐，今日我见阳晖堂问诊的人很多，听说江大夫的号已经排到五日之外了。我还是厚着脸皮挤进去才见到他的。"茗岫回道。

原来，那日赵梦儿得了安眠的膏药，竟十分好用。固安楼迎来送往的客人们口口相传，去阳晖堂问诊的病人猛地多了起来，而问诊金却一如往昔，只是每日限定人数和时辰，以免病人苦等。

七日后第三位，"韩羽烟"，江阳结束了一日的诊治，正在誊录新的预约名单。她还是要择期来见他。

江阳今日见到斗篷，心下是失落的，因为她没有来见他。忽而看到这三个字，只觉七日时间太久难熬。好在最近日日繁忙，时间不自觉也过得快些。

七日后，七夕。金风玉露一相逢，便胜却人间无数。韩羽烟也是在这日早晨看日历才意识到，今日是七夕佳节。

"小姐，今日佩这副翡翠流苏耳坠可好？胭脂用这兴安坊的如何？"

"随你随你。"

茗岫替韩羽烟梳妆时格外用心。

江阳这日着一身青色丝袍，正替当日第二位病人问诊，抬眼看到门口有马车停下，两位女子前后下车。

韩羽烟碧纱朱唇，腰若流纨素，耳著明月珰，看向他微微颔首。

"韩羽烟"江阳示意已轮到她问诊了。

"江大夫好，几日不见，您这已然门庭若市，更多百姓能感受到您的妙手回春了。"韩羽烟坐下，望着江阳言道。

"韩姑娘谬赞，请问是有何不适吗？"韩羽烟正打算将李飞之事一一言明，却被一声"救命"打断。

"救命，羽烟姑娘快去救救我家二爷！"定睛一看，来人正是张远浩张二爷身边小厮骏哥。

"有什么要紧的事不能等我家小姐问诊之后再说，你先让你家二爷等等吧！"茗岫说着拉他衣袖往后。

"我的好姐姐，可得让羽烟姑娘去看看，不然可得闹出人命！"骏哥言语急切，不似作假。

韩羽烟心下只怕张二爷那边果真有什么要紧的事，便起身言道："江大夫见谅，我有要事须得晚点再来，抱歉！"

"不碍事，我等你。"江阳言道，一面出于他素来以病患为重的习惯，一面是他确想等她。

韩羽烟随骏哥出了门，上了张家马车，路上心叹，择期来见却又如何横生波折，罢了。

第三章 切肤之痛

"张远浩，你答不答应⋯⋯不答应我便跳下去！"只见湄河上一叶画舫之上，一袭粉衣女子立于船头，五步之外的张二爷蹙紧眉头："秀芸，别冲动，咱们先坐下，有话好好说！"

韩羽烟下了马车，看这阵仗心里略晓一二："你家二爷又惹了什么事"

"回姑娘，这秀芸的姐姐原先在府上做工，前几年得了一场大病死了，家里就剩秀芸这一个妹妹。二爷也是看她可怜，每月差小人送些银两，逢年过节送些吃食用度。秀芸这小丫头平日也回送些手工玩意给二爷，怎料近日愈发没了礼数，偏要二爷答应娶她！"骏哥回道。

茗岫听了上前一步："呦，你倒是替你家二爷摘得干净，还不得是他哄骗无知小妹妹在先！"

二人言语间，只见立在船头的秀芸愈发激动，离落水只一步之遥。

韩羽烟五步并作三步上了画舫，径直走向船头："我道是哪个狐狸精在这和二爷私会，今日你有何想知道的尽管问我，别为难二爷！"

张远浩看到了救星，靠向韩羽烟身旁。

秀芸一怔："你⋯⋯你是？"

"我是二爷的未婚妻，可教他平时是个软心肠，你可别心生妄想！"

秀芸听罢往前两步："不可能！从未听说二爷有婚约，张远浩你说，她是你从哪请来的戏子？"

张二爷张了张口，尚未言语，只见韩羽烟搂上他的腰。

　　画舫浮波，风吹云动，一玄一碧，河边围观众人磕着瓜子，呱唧这二人的确般配。

　　见张二爷并不回答，秀芸转向韩羽烟："你说你是二爷未婚妻，有何凭据？"

　　"你可识得我这只天山翠春带彩宽条镯？"韩羽烟扬了扬手腕。

　　秀芸见这镯子冰透翠绿，间泛紫春，想起姐姐提及张家夫人常佩此镯，惊道："难道，这是老夫人那只？"

　　"这是二爷赠我的，我劝你早日收了妄想，安稳度日才是正途！"

　　可怜这秀芸眼中噙泪，想这三年痴心终究没了希望，她的张郎为何给了温暖却忽地让她如坠冰窟。

　　韩羽烟见秀芸心绪低落，神思恍惚间，赶紧上前一把拉向船中。无奈秀芸挣扎难控，二人结结实实摔倒在船板之上，韩羽烟只觉右肩撕扯暗痛。

　　"快，快将她们送上岸去！"只见张二爷忙叫小厮们将二人扶上岸去，吩咐骏哥将秀芸照看送走，自不必提。

　　"我的好羽烟，你可受伤了吗？你且去激她作甚？"张元浩将韩羽烟扶进马车。

　　"你请我来不就是让我来激她，这会子倒装起好人来了。"

　　"是是是，委屈羽烟姑娘了。只是今日还连累了你的名节，可教我如何报答。"

　　"二爷你不必客气，既然来解围，权当是还你帮我觅得这天山翠镯子的人情。"

　　"这镯子籽料虽是我寻得，可当年却是你出金购买，做得两只，还送与我母亲一只，可当是我欠你的才对。"

　　"我赠镯于张夫人，是我和她的交情，与你无关。再者，我叫秀芸断了念想，也是为了她好。她这般痴情女子，又无家世，若是入了张府，可如何是好。"

　　韩羽烟言罢，将张二爷赶下了马车："二爷，马车借我和茗岫一用，可劳烦你走回去吧！"

　　韩羽烟与茗岫二人回返韩府，待经过阳晖堂时，已然近日暮时分。

　　"小姐，您这右肩还是让江大夫给您看看吧。"茗岫已然下了马车。

　　也好，总算可回答他"有何不适"这个问题了。

　　江阳送走最后一个病人之后，在堂内已然坐了一刻钟有余，"月上柳梢头，人约黄昏后"他不自觉在病笺上写了这句。

　　"江大夫，快替我家小姐看看肩伤！"

　　江阳抬眼看到二人入内，闻言赶紧上前查看。

　　少顷，"茗岫，烦请将这副药拿去后堂煎半个时辰"江阳将抓好的药包交于茗岫，茗岫依言照办。

　　"你肩膀现今痛的厉害吗？"

　　"嗯"

　　"那你侧将过来"

　　只见江阳让韩羽烟侧靠于椅背，单手握住她的右臂，另一只手用点穴之法在肩部进行推拿。

　　指间力道落于痛处让韩羽烟不免蹙眉，她偏过头来，避过江阳。

　　"你今日是为了救人才如此？"

"是。但人家只当我是仇人罢了。我也无暇替她伤心。江湖浊浪没白衣，天涯何处不过客。只希望她能早点放下。"

韩羽烟似自言自语，又似觉着江阳能懂她，忽又觉自己有点逾矩。

"你且忍一忍。"未及她反应过来，只觉右肩一阵切肤之痛，咬了咬嘴唇，并未吭声。原来他力气竟这样大，不似看起来那般文弱。

"已替你通了经络，料想不会有什么后遗症。"说话间江阳拿了带着淡淡草药味的腰垫过来，"你且靠着好生休息"声线温柔，语似春风。

"嗯，多谢。"他对每个病人应都是这般尽职尽责吧，韩羽烟心里想着，却觉身下爽快不少。闻着草药香味，神安心宁，韩羽烟竟靠着椅子闭目睡去。

七夕佳节，花前月下多山盟海誓，哪堪比，星目静对，鬓云斜枕，夜无言！

第四章 风前飞絮

天朗气清，惠风和畅。

"小姐，这是上个月的总账记录，您过目。"大通钱庄内，钱庄伙计穆叔将簿子交于掌事韩羽烟。

"好，辛苦穆叔了。"韩羽烟接过来，按例核对大略数目和上月相较的起伏情况。

少顷，茗岫端了汤药过来："小姐，汤药温度正好，快喝了吧。可别枉费了江大夫一番心意！"

"你可胡说什么。我还没怪你，昨晚怎地不叫醒我。害我白白在外人面前丢脸。"

"可不能怪我。是江大夫不让我吵到你的，你可是病人，我自当听医生的话啊。而且，江大夫可是小心翼翼将你抱上马车的，小姐你都没醒，可怨不得我哦。"茗岫笑道。

韩羽烟面色微红，端起汤药来大口大口喝下，懒理茗岫。

接近晌午，韩羽烟尚困于案牍之中。她刚粗粗筛过一遍数字，将心中疑惑的几项具抄录下来，待细细核对，牵涉张家和琼山寺的数字万不可出错。

"小姐，午膳可要凉了。"茗岫催道。

"不碍事。你怎还在钱庄，你快回府上歇息吧。今儿本该轮到你休息，不必陪我来钱庄的。"韩羽烟边看手中账目，边抬眼看了眼茗岫说道。

"是是是，小姐，我回去了。你可记得吃饭。"茗岫熟知韩羽烟的性子，将汤和饭盛入碗中后，便先行回府了。

一个时辰后。

"小姐，有人找您，说是阳晖堂的江大夫。"穆叔进来言道。

"谁找我？"韩羽烟并未抬眼。

"江大夫，说是来复诊。"

韩羽烟猛地抬头，"他怎地知道来此寻我。罢了，穆叔，将他请进来吧。再辛苦您将我那饼陈桔普洱取来煮一壶送来。"

穆叔应声照做。

韩羽烟起身，理了理衣裙，定了定心神，走到院中候着江阳。

她见一袭白衣，挎着红木药箱，大步流星走将过来。

"江大夫，屋里坐。"韩羽烟与江阳二人在堂上八仙椅相邻落座，穆叔将刚沏好的一壶桔普端上。

韩羽烟正欲拎起茶壶，却被江阳抢了先。

"你是病人，还是我来。"说话间，他将自己的茶盏倒了七分满，便将茶壶放下了，旋即言道："你若是听话今日已喝了汤药，这茶你还是改日再喝吧。"

"江大夫既已发话，羽烟莫敢不从。"韩羽烟却不忘揶揄江阳："只是可惜了我这二十年的普洱，今日只能被你独饮了。"

"那下次换我沏好茶与你喝便好。"江阳笑道。只见他呷一口茶水，露齿而笑。桔香暗涌，韩羽烟却觉心下漏了一拍。

"言归正传，今日是替你来复诊了。刚好今明两日是我为需要的病患上门复诊的日子，路过你这，便来瞧瞧。"

"那我是讨巧了呢。"韩羽烟让江阳复诊了一番，江阳言其确无大碍，开了药箱施了几针即好。

少顷，江阳收拾好药箱，看到旁边桌上的齐整饭菜："你是连午饭也没吃吗？"

"你的汤药管饱，倒也不饿。"

"吃一点吧。"

见韩羽烟面露难色，江阳拉她到了饭桌旁："刚好我奔波了一天，连午饭也没吃上。陪你吃一点吧。若你不想多吃，我来数着，吃十口便好。"

"噗"韩羽烟笑出声来，怎将她当作孩童来哄了呢。她将自己的象牙白玉筷让与江阳来用，自己用瓷勺吃了莲藕筒骨汤。江阳一边吃，还不忘一边给韩羽烟夹菜。

"当真别夹菜给我了，我现今太饱，脑袋已用不动了。今儿的活都得搁下到明日了。"

"那有什么要紧，你是病人，自当多休息。我送你回府吧，当是感激你这一饭之恩了。"

穆叔瞧着韩羽烟二人离去，心叹今儿太阳可是打西边出来了，收拾了碗筷茶具自不必提。

虽是下午，日头确也晒人，江阳撑伞，韩羽烟亦步亦趋。她心叹道，这真真不如一人撑伞来得洒脱，却忽而抬眼对上江阳。

四目相对，"是嫌我撑伞走太快吗？"江阳言道。

"你倒挺直接。确是嫌弃你又如何。"韩羽烟有意怼道。

"不如何，要不你来撑，我跟着你走。"

"正合我意！"韩羽烟言罢将伞夺了过来。她身高本就不输男子，还怕撑不了这伞么！

就这样，韩府下人看着自家小姐撑伞带着一位大夫走入后堂书房，不免好奇心起。

江阳见这书房布置颇为雅致，一方灵璧石砚台置于桌上，砚角所刻乃清竹几枝；另有两本书置于桌上，书角微卷，想来是主人尝尝翻阅的缘故。

"可借我一看么？"江阳随意拿起一本望向韩羽烟。

"你若感兴趣拿去便是。我都已读熟了，赠与你何妨。"

江阳看着手中这本名为《人间词》，问道："那你欢喜其中哪些句子呢？"

韩羽烟蹙了蹙眉："人生只似风前絮，欢也零星，悲也零星，都作连江点点萍。"

"风前飞絮虽零星，对有心人来说却也珍贵，江边也有着盎然生机，想来也是有趣。比如，留连戏蝶时时舞，自在娇莺恰恰啼，是不是让人舒怀？"

韩羽烟只得颔首。"看来江大夫不仅精通医术，亦颇通文墨。"

"只是略通而已。因我的一位挚友开有一家书社，常常去闲聊而已。"

"你看看我这书房这些书，可有书社那边需要的。下次我同你一起送去吧。"韩羽烟言道。

"先替书社的弟子们谢过羽烟姑娘了。"二人又寒暄几句，江阳方才离去。

韩羽烟又在书房静坐一会，临了一幅王羲之的《兰亭集序》，方觉敛了心性，畅快非常。

第五章 琼山劫起

夜雨如剑，洗刷屋檐，溅落在青石板的坑洼处，飞珠四射。

湄河岸边，脚步声急。李飞气喘吁吁，刚从小巷里夺路逃出的他终究被身后的七人追上。

"拿下！"为首的正是忠义堂堂主唐三，话落影动，李飞即被制服。

唐三众人正欲离去，却见黑衣拦路，剑闪寒光。

唐三不欲纠缠，拱手言道："二位壮士，还请卖我忠义堂一个面子。无论此人与尔等有何瓜葛，待我交了差，你们稍后再寻他不迟。我们不会伤他性命。"

雨势渐急，河水见涨。

一人回道："可惜，他的命，便是我们要交的差。"

言罢，二人杀机即起，剑花随雨飞旋，直向对手命门而去。

刀剑相接，咫尺便分生死。鲜血在暗夜混入雨水，难辨清浊，只余浓烈的血腥味证明厮杀的惨烈。可怜湄河岸边骨，将成稚子梦里人。

韩府书房，韩羽烟让茗岫换了刚燃尽的蜡烛，新点的灯盏更加亮堂，她心里却纳闷唐三怎还未至。人在焦虑的当口，往往会求诸神佛，韩羽烟却不信这些，只在盘算着种种可能发生的情形和对策。

吱呀一声，书房门开。

"羽烟姑娘，唐三有负所托。"韩羽烟未曾见过唐三如此狼狈，左臂、右胸皆有外伤，赶忙扶其落座。

"堂主莫急，伤势为重。"韩羽烟吩咐茗岫带两个家丁一起去请江阳前来，这雨天夜半，也恐怕只有他会急急赶来。

等待间，唐三向韩羽烟道明了原委。原来，他们兄弟七人今日奉韩羽烟之命尾随江阳，因江阳上门为李飞复诊，终觅得李飞落脚踪迹。守至入夜，本欲将人带回忠义堂去细细询问其与张家纠葛，却在半路遭人截杀。

"可怜我那兄弟六人为护我和李飞，拼尽全力，终也和李飞一起遭了毒手！此仇不报，誓不为人！"言道此处，唐三的泪水与脸上的雨水交织，牙关紧咬，切齿之恨，锥心入骨。

韩羽烟想那二人对上唐三兄弟七人竟能短时间取胜杀人，可见是心狠手辣之人，比忠义堂这般帮会之人更加阴狠。李飞口中定有着让人心惊的秘密。无论是什么样的秘密，韩羽烟并不感兴趣。可叹此番竟连累了唐三的兄弟们，着实让她追悔莫及。

"堂主，切莫激动失了气血。"韩羽烟宽慰唐三："此番实乃羽烟之过，不成想连累了忠义堂的兄弟们。堂主您放心，明早我会差人去衙门替兄弟们料理好身后事，兄弟们的家人我韩家自会好生照拂。"

原来，京城各大帮会的饷银发放大都通过大通钱庄。帮会中人深知刀剑无眼，不知哪天会落下残疾或死于非命，大都将部分银钱托于钱庄，若有不测，钱庄将按月接济其家人。因着韩羽烟掌事以来过手的案子均按约执行，间或她还自己贴补老弱孤寡，她在帮会兄弟中甚有名望。

"此事，羽烟姑娘当真不欲深究？"唐三见韩羽烟未提及凶手身份一事，急切问道。

"堂主，我知你与兄弟们情深义重，我自无法阻拦你为兄弟报仇。但你亦有家人需要照顾，你也需为他们珍重自身。"

见唐三有所触动，韩羽烟接着言道："此事本因李飞而起，仅涉钱财而已，现下已连累六位兄弟性命。若还让堂主涉险，羽烟万死难辞其咎！"

话语刚落，江阳已随茗岫推门而入。见眼前情状，赶紧上前为唐三清创止血。

"姑娘之意，在下感念！"唐三欲起身抱拳，却被江阳按下，喝止他勿要乱动。

天色欲晓，唐三已被送回家中。江阳与韩羽烟对坐堂中，茗岫去厨房吩咐伙计送来清粥小菜。

"你……"

"你……"

二人起声甚有默契。还是韩羽烟抢先一步："是我吩咐人跟踪你复诊，觅得李飞踪迹，却不料去人和李飞皆遭毒手。你要怪便怪我吧。"

江阳却无半点责备之意："我不愿透露李飞踪迹是因其未病人私隐，但他之死却不能归咎于你。医者看惯生老病死，因果循环，自有命数。"

江阳言罢起身到韩羽烟身旁："我只是心疼你，一个女儿家，见这血腥刀光，竟不害怕么？"

韩羽烟一时语塞，心下泛酸，因着眼前之人的关心如此让她触动。

她所设想的安抚江阳的各种巧言派不上用场了。只在这一刻，她觉得她可以身无所担，露出一点女儿家该有的恐惧，亦或是人性正常的反应，她的本真的样子。

江阳见韩羽烟沉默不语，亦不深究。他返身坐下，用尽了碗中的白粥，再用瓷勺舀了一勺送至韩羽烟嘴边："你且吃一勺再想怎么打发我吧"

韩羽烟不由白了江阳一眼，吃了勺中白粥："多谢江大夫投喂。"

二人忙碌了一夜，各自休息自不必提。

七日后，韩羽烟正在钱庄巡查，忽有人来访，竟是忠义堂的唐辉。

"羽烟姑娘，我家堂主自三日前未归家也未在堂中，今日我来是想问您可有他消息么？"唐辉拱手问道。

韩羽烟心下忽觉不好，亦面色如常："并未得堂主消息。我自会让韩府兄弟帮忙打探，若有消息，当第一时间知会你。"

唐辉称谢拜别。

傍晚回返韩府，茗岫递来张二爷的书信。信上言说邀韩羽烟两天后一起至郊外琼山寺避暑纳凉，原是张夫人要张二爷去往寺中，替去年此时故去的张家老夫人祈福七日，张二爷便想到约韩羽烟同往，一边祈福，一边共赏琼山景色。

韩羽烟看罢书信，正在迟疑，却见茗岫来报："小姐上午让大伙打探的事情有眉目了，说是三日前有伙计在上香时见过唐三。"

"在哪上香？"

"琼山寺"

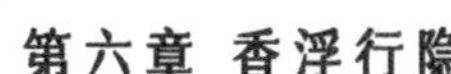

第六章 香浮行隐

苍松翠竹，鸟鸣泉涧。"南天福地"的牌楼立于琼山寺山脚下，只见上书对联一幅："紫气光耀纳七十二神佛，碧水流云藏无穷极揭谛。"

韩羽烟虽已来过琼山寺多次，还是在下了马车后不由感叹这佛法庄严的氛围。

她自幼便遇寺烧香，逢佛必拜，却不是求诸己欲，只是深信拜佛拜的是心中的自己。

"羽烟，这上山的阶梯可长了，我俩打赌看谁先至山顶寺庙可好。"张二爷言道。

"二爷，你怎地与我这个女子相较呢。况且，在菩萨面前打赌，岂不是失了礼数。"韩羽烟心想张二爷这平日闲散安逸惯了的人，若是一路不做歇息必然吃力。

"怎地，你可不是一般女子，是不敢与我比么？"

"恭敬不如从命。"

韩羽烟和张远浩二人拾级而上，石阶两边郁郁葱葱，多是翠柏苍松，间或有松鼠跃于树间。行了约小半个时辰，二人脚程不相上下，只是苦了在后面驮包挑担的茗岫和骏哥二人。

"小姐，我们实在追不上你们。"茗岫喊道。

"不碍事，咱们山顶汇合，你和骏哥当心脚下便可。"韩羽烟回头言道。

只见韩张二人又行了约摸百余级阶梯，张二爷实在扛不住了，眼见不远处有一个观景凉亭，言道："我说羽烟，你毕竟是陪我来消暑的，累着你可不好。咱们还是到前处凉亭歇息下吧。"

韩羽烟在心中暗笑一声："二爷发话，莫敢不从。"

此亭已靠近山顶，视野开阔，是俯瞰山下流川胜景的绝佳位置。

行至亭内，见一人着紫衣，束玉冠，负手远眺。韩羽烟不由得好奇这背影在思量着什么。

"兄台，叨扰你的雅兴了，容我们在此休息片刻。"韩羽烟对着这紫衣人言道。

那人闻言，转过身来，一双丹凤三角眼，唇薄肤白，嘴角含笑。饶是韩羽烟，亦不免看得痴了，怎叫一个男子生的如此好看！不同于江阳的淡泊硬朗和张二爷的富贵英俊，眼前之人略带一丝魅惑神秘的气息。

张二爷难得见韩羽烟有一丝失态，在旁开心揶揄道："羽烟姑娘，你这样盯着人家看，还叫别人以为我们是什么心怀不轨之人呢。"

"这位公子说笑了。快请坐下歇息，这琼山景色能与二位共赏，是我施某的荣幸。在下姓施，名隐，字无衣。"施隐抬手作揖。

"施公子客气了，鄙人姓张名远浩，叫我二爷亦可。这位是我好妹妹，韩羽烟。"张二爷性情直率，三言两语和施隐聊起了上山原委和沿途奇绝的景色，二人相聊甚欢。

原来这施隐是琼山寺主持的好友，此番前来是赴对弈之约。

见韩羽烟在旁默不作声，施隐言道："韩姑娘，请问姑娘觉得这琼山景致如何？"

韩羽烟见身旁云气翻涌，山下房舍阡陌等具缩小遍呈于眼前，感于天地造化："此处物华天宝，钟灵毓秀，不免让人生出羽化登仙，遗世独立之感。不知施公子可见出什么了？"

"见自然，见自己，见众生，见天地。"施隐盯着韩羽烟言道。

"自然乃天性，自己为本欲，众生求道德，天地不可攀。"韩羽烟缓缓回道。

张二爷在旁按捺不住："你们在打什么哑谜，我可听不懂。不过，可见你们俩人真是酸腐到一处去了！"

韩羽烟闻言笑道："二爷说的是。酸腐不能当饭吃，我们还是早点到寺中去填了你这五脏庙吧。"

三人一起行至琼山寺，早有小和尚在庙门处等候。安顿其各自在客房住下自不必提。

待到茗岫到客房安顿好韩羽烟的行李，刚巧寺中安排的晚膳送到房内。二人用好晚饭，韩羽烟嘱咐茗岫好生歇息，自己想前往院中一观星月。

她行至院中，忽闻一丝暗香浮动，寻香而去，原是施隐在院中石桌上焚香。只见他手持纯铜狮头三足小香炉，凑近鼻间闻着缕缕香气。

"施公子好兴致，请问这是什么香？"

施隐抬眼望见韩羽烟，朗声回道："此香乃我一挚友所制，专为医我身体不足之症。倒无名字，你凑近来闻。"

施隐走近韩羽烟，抬手让她闻了闻。"此香入鼻先有梅之清味，再有百合余韵，真是好闻。"韩羽烟言道。

"我也觉得如此，待我回去找他问清楚此香是否还有其他。羽烟姑娘，咱们可算是闻香识知己了么？"

韩羽烟轻笑道："我只是略识得几味香气罢了，不敢高攀。"眼前之人在月光之下愈发显得迷离，也可能是香气迷人的缘故吧，韩羽烟心想。

一夜好眠。

清晨，张二爷早早地去大雄宝殿上了头柱香，跟着主持在殿中做功课为张老夫人祈福。

　　韩羽烟此行的目的本是为了寻访唐三踪迹，她向当日的寺中僧侣细细询问，最终寻访到琼山寺后山晴松崖，这是唐三最后出现的地方。

　　此处位置偏僻，韩羽烟在崖上细观四周，见崖边林中似有草折痕迹。她拨开树枝，隐约可见一条小路通向崖底。韩羽烟不敢贸然上前，正欲回返寺中，却觉眼前一黑。

　　阳晖堂中，江阳正在问诊，只见茗岫急急入内，将江阳拉到一旁低声道："江大夫，快快随我去救我家小姐，她被人绑了！"

　　可堪是，香浮菩提机锋见，行隐何处愁断肠。

第七章 人生苦短

琼山寺内，香雾缭绕，一切似与往日并无不同。

江阳昨日下午急急忙忙便和茗岫来到琼山寺，熬了一夜，一筹莫展。

张二爷、施隐进来屋内。"可有羽烟消息？"江阳问道。

张二爷摇了摇头，拍了响桌子："哪个天杀的竟敢对羽烟起歹心，我必不会放过他！"他与施隐二人一起领着寺内几个力健的武僧在琼山找寻了一夜，却毫无所获。江阳留在韩羽烟客房内亦未有绑匪进一步的消息，除了开始那张留在房内的字条："一千两赎命。"

张二爷已让骏哥备齐银两，只待绑匪来取，唯盼韩羽烟安好。

"阿弥陀佛，罪过罪过。"只见主持法显大和尚入内，双手合十："各位施主，人在琼山寺丢失，我寺难辞其咎，必当全力协助各位。韩施主为人菩萨心肠，必定能逢凶化吉。"

"主持切莫自责，韩姑娘是福慧双全之人，定得我佛庇佑。"施隐言罢，送法显和尚出了房门。

"你怎会在此处？"江阳见主持走远，跟将上来问向施隐，这位开书社的挚友。

"三月一次与法显和尚的棋局之约罢了。你丢下你的病人不管，来寻的是你那梦中仙子？"施隐望着江阳，这位医者挚友。

"我只希望她好好的在我眼前。"江阳的眼眸先是急切，忽又黯淡，复归于茫然。

"好了好了，你知我略通相面之术，你的羽烟姑娘定无性命之忧。"施隐抬眼见鹰翔于顶，乌云渐拢，心叹这天气恐要不好。

晴松崖下。昏睡了一夜的韩羽烟睁开眼来，站起身来细观，她发现身在一个约摸三丈长、两丈宽的洞底。洞深大约两丈有余，并无藤蔓枝条可攀附，想自己爬出去几无可能。

好在洞底有残枝枯叶不少，韩羽烟将其聚成一堆，待晚上入夜后可用随身的火折子点燃取暖。

"是何人要害我？是与唐三的失踪有关？为何不取我性命？"韩羽烟思虑着。

"不知我昏睡了多久，想来二爷定会带人来寻我，若在我昏睡时，他已带人来寻过，他还会再来么？"

"不知茗岫有没有去知会江阳，他会为我担心吗？"

天色渐沉，林中偶有狼嚎。

韩羽烟赶忙用火折子点了火堆，火苗闪烁映入她的眸中，心绪稍安，陷入沉思。

"平日自己凡事谋算仔细，汲汲营营，凡事追求合理合情稳妥，却哪料无常才是人生呢。我为母亲绣的生辰礼物还未送给她，梦儿姐还等着我去和她对月共饮，茗岫还未替她觅得好人家……"

天地不仁，以万物为刍狗。道法自然，水利万物亦流污。

韩羽烟感到有雨滴落在脸上，眼见雨势渐起，浇灭了暗夜里一抹火光。

风雨中的韩羽烟已一日一夜未进水米，初觉雨水甚是甘甜，可随着雨势绵密，虚弱的她寒气入体，额头渐渐滚烫，意识愈发模糊。

恍惚中，她看到白衣翩翩的江阳，自己靠上他的肩膀，侧脸碰到他的发丝，唇瓣轻触他的耳。忽地，他将她拥入怀中，吻向她的眉梢。

这是幻觉。韩羽烟知道这是高烧带来的幻觉，可未尝不是她心底的欲望。

"不能睡！"她怕睡着便醒不过来，她韩羽烟的命就算是老天爷要收也没那么容易！韩羽烟挣扎着扯下头上的金钗，狠狠刺入右侧大腿，疼痛可以让她保持短暂的清醒，一下又一下……

此刻，江阳立在窗边，见雨势汹汹，紧紧握拳。"羽烟现在何处，她可有遮风避雨的地方，她何时能够归来……"愁眉紧锁心高悬。

忽觉有人叩门，江阳立刻开门查看，未见人影，门口留有字条。

"日月照天青，木石怨天公。"

江阳默读三遍，眼前一亮，"晴松！定是后山的晴松崖！"

只见江阳、张二爷、施隐带上众人散做三队人奔向晴松崖下，风急雨急，呼喊声亦急："韩羽烟""韩姑娘"声声此起彼伏。

韩羽烟气力已近耗尽，疼痛的刺激也渐趋麻木。

就在她打算认命之前，仿似听到江阳在唤他。

"江阳，我在这！我在这……"就算是幻觉，她也想拼尽气力回应。

琼山寺内，已然是翌日下午，江阳守在韩羽烟床边，定睛看着她虚弱的脸庞。

她一定很绝望，她的腿一定很痛，他仿似感受到了一样的痛，更焦虑如何面对苏醒之后的她。

韩羽烟睁开眼，江阳的眼眸映入心中。她摇了摇脑袋，确实了这不是幻觉，忽而眼角泛酸，流出一行清泪。

"抱…我…"韩羽烟轻声道。

他缓缓扶她起身。她吻向他的右耳，耳朵忽地红了。

半晌，"你不对，你怎么不按戏本走……"韩羽烟呓语道。

"什么戏本？"江阳偏头想看着她。转头间，双唇相碰，她毫不犹豫地啃了一口。

江阳只觉脑袋嗡嗡，片刻，心下甚喜。春风得意马蹄疾，一日看尽长安花，亦不过如此。

再看韩羽烟这边，她心下安稳下来，便又沉沉睡去。

"江大夫，你且去歇息片刻吧。我来照料小姐便好。"茗岫进来言道。

"好，若羽烟醒了，你来叫我吧。"江阳起身出了房门。

一袭紫衣候在院中，"你可安心了吗？"施隐望向刚出来的江阳。

"我当然安心，别忘了，我可是医者，比你这略通相术的人更加靠谱。"

"还有心情取笑我，看来韩姑娘已无大碍了。我这先下山了，慢点，记得带你的仙子来看我。"言罢，施隐揣着余香未熄的香炉飘然离去。

香味余韵，只存风中片刻，短暂难留，亦如人生苦短。

第八章 流云书社

　　"菡萏香销翠叶残，西风愁起绿波间。羽烟，你今天这词太悲凉了。愁气可不利于你身体恢复。"江阳近日每日早间在阳晖堂看诊，午后则来韩府陪韩羽烟，免她腿伤恢复期间无聊。

　　韩羽烟为防家人担心，只道是去琼山寺游玩摔伤了腿，向钱庄告了假。

　　"荷花自也有好看的时候，像 '水面清圆——风荷举'，它中通外直，不蔓不枝，倒跟你有几分相似。"韩羽烟伏在书桌岸边，左手托腮，望向江阳。

　　"荷花多粉白，你将我一个大老爷们以此做比合适吗？"江阳被盯得有一丝脸红。

　　"我看江郎你现下可正有着莲花的娇羞呢！"韩羽烟说完不由得笑了起来。

　　江阳见她笑了，亦笑了起来。阳光透过书房的窗棂照在二人身上，墨香溢清欢，恩爱两不疑。

　　"言及荷花，施隐的流云书社那里倒有一池野荷，妙的是它每年只开四日，第三日开得最盛，第四日便开始凋谢。待今年花开，我们同去吧。"江阳言道。

　　"好呀。话说，我这腿伤已近痊愈，明日我便去钱庄了。你且去忙你的吧。"韩羽烟心下记挂着钱庄，想到明日的回归甚是期待。

　　"那好，你若有不适，差人叫我去钱庄亦可。"江阳替韩羽烟理好桌上的文稿，拜别离去。

　　少顷，茗岫进来言道："小姐，二爷差人送来一百两银子，道是小姐的医药费，来人放下银两便走了，您看如何处理才好。"

　　"收下吧，不然二爷不会安心。将这一百两送去忠义堂给唐辉，嘱托他将银两交于唐三家人，也算尽一份心力。"韩羽烟言道。天道恒常，总有一日她会将幕后之人揪出。

　　三日后，大通钱庄。

　　伙计穆叔将阳晖堂的信笺递于韩羽烟。

　　"荷花已开，明日同去流云书社。"信上如是写着。

　　只开四日的荷花吗？那必然不能错过了。韩羽烟想道。

　　思量间，忽闻前厅处有喧闹之声，韩羽烟起身查看。

　　"你们大通钱庄还讲不讲规矩？这分明是我家的银两，怎地不让我取了！"一位约摸四十余岁的男子嗓门高喊，引路人侧目。

　　"快叫你们管事的人出来！"

　　韩羽烟唤伙计小哥来到门后询问原委，原是这人名叫公孙输，的确拿了先前的凭证来取五十两银子，只是手印跟留着的不一样，原先存钱的是他夫人，存钱时还说与伙计道她丈夫好赌，这是她好不容易攒下的私房钱。

　　听罢，韩羽烟步入前厅："我是管事，这位客人，我大通钱庄向来童叟无欺，讲的便是一个信字。而今，你虽拿着凭证，却无凭据证明受金主委托，我自不能将这银钱交于你。"

　　公孙输见韩羽烟语气铿锵，竟一时语塞。他正在腹诽理由，未及开口，又听韩羽烟言道："大通钱庄不仅托有私人的银钱，京城各大酒楼、赌坊等与我庄俱有来往，客人可去打听打听我庄信誉如何。若遇一些欠债不还之人，我庄还会协助他们报送衙门决断。"

　　公孙输乃赌坊常客，欠债不少，闻言当即不再吭声。半晌，他嘟囔道："罢了罢了，我让我夫人有空来取便是。"说罢，转头便走。

一个时辰后，穆叔来报："小姐，有人在固安楼撒传单，诬我大通钱庄言而无信，好在赵掌柜已及时收了传单，捉了闹事之人，将人押了过来，待您处置。"

韩羽烟让穆叔将人带至后堂。

"你叫什么名字？"韩羽烟见眼前之人至多十来岁，是个眉宇清秀的少年，身上衣衫虽然粗陋倒也干净。

"要杀要剐，悉听尊便。既然被捉了，我便不怕。"少年扬头道。

"噗。小小年纪就要打打杀杀么。穆叔，你吩咐小厨房将今日午茶点心端一盘送过来吧。"穆叔点头照办。

小半个时辰后。

"我叫莲安，我今日在街上寻活计，有一人给了我一贯钱，让我去固安楼抛洒一沓纸。想着这钱来得倒是容易，便接了这活。既然吃了你的点心，这钱我不要也罢。"莲安言罢，从怀里掏出一贯钱来。

"你慢慢吃，不够我再让厨房做。这钱是你应得的，你既已担了这风险，哪能不要他的钱。"韩羽烟倒颇为欣赏少年的直率。

"我吃饱了，我要回去读书了，再晚要被先生发现逃课打我板子了。告辞。"

"你要去哪里，我可让钱庄马车送你一趟。"

"流云书社。"莲安答道，又忽觉失言："今日之事，你可得替我保密，万不能让我先生知道。"

韩羽烟心叹，可巧，你的先生我已认识。

"你既是书社的学子，怎又出来寻活呢？"韩羽烟又瞥见莲安右肩衣袖有一处破损，想来是刚刚固安楼冲突所致。

"我们书社大多是穷苦人家的孩子，我是先生收留的孤儿，我现已长大了，当然得自食其力。"莲安的回答自带一股少年锐气。

韩羽烟见天色渐沉，着厨房又备了几个食盒，陪着莲安上了马车去往流云书社。

路上，听着莲安述说，流云书社原来在京城下市的最东边，此处所居多为贩夫走卒和卖苦力之人，一个书社选在此处却是她没想到的，倒是真真大隐隐于市了。

马车穿过下市东边喧嚣杂乱的街道，终停在一处宅院前，两侧竹枝繁茂，只见门头挂着"流云书社"的匾额，左右两侧对联为："流光泻墨习一二痴语，诵春悲秋书万千箴言。"

莲安上前叩门，见一小童开门，引他二人进去，韩羽烟着车夫旁边稍待，提了食盒进将里去。

莲安听韩羽烟吩咐将食盒分于各弟子。韩羽烟听闻施隐在书社后堂夜读，便前去想着打个招呼再走。

走近后堂，古琴之声入耳。

初闻宫音浩荡，后接羽声灵动，似是空谷回幽。又闻撮弦之声，如清风之穿林，终止于山巅之高绝。

韩羽烟听得入迷。不觉身边有人走近："你怎在此？"施隐见到韩羽烟微微讶异。

韩羽烟回过神来："是莲安迷路了，巧遇了我，我便送他回来了。"

施隐心道莲安这个机灵鬼岂会迷路，挑了挑眉："方才的琴音可入的了韩姑娘的耳？"

"闲似烟云，淡若晨风。荣曜秋菊，华茂春松。"韩羽烟悠悠道。

"知我者，羽烟姑娘也。"施隐笑道："我还以为你是跟江阳一道来的呢，他倒是说明日邀你来看第三日的莲花，不料你倒是先到了。"

说话间，莲安过来作揖："先生，韩姑娘带了许多吃食，我已分给师弟们了。"

施隐见莲安右肩破损："你这迷路怎地衣服也破了？先生我可不会针线，要不，韩姑娘，辛苦你留下帮忙缝补一下吧。反正明日你还需再来，省的往返奔波。"

"对对对，韩姑娘就留下帮帮莲安吧。我去告诉车夫让他先回去了。"还不及韩羽烟答话，莲安便径自走了出去。

韩羽烟面上恼了施隐："我可不是你的使唤丫鬟。"

"那是自然，你可是江阳的梦中仙子，心中至宝。我哪敢随意使唤您，就当我欠你的人情。韩姑娘就在鄙社委屈一晚，安心等江阳一起赏荷便好。"施隐引着韩羽烟向客房走去。

"哎，我能问你一个问题吗？"韩羽烟走在施隐身后言道。

"哎，你说吧。"

"想你如此清雅之人，为何将书社建在这喧嚣纷乱的下市东边？"

施隐闻言转身，看向韩羽烟："欲洁何曾洁，云空未必空。阴阳黑白亦是一体，这大雅配大俗，韩姑娘意下如何？"

韩羽烟看着眼前这丹凤薄唇的紫衣施隐，只得点头。

万物本就负阴而抱阳，他这歪理也算有几分道理吧。

第九章 拙舞剑花

鸡啼天明，读书声起。

韩羽烟推开门去，寻声来到书社正堂，靠窗望去，约摸二十余位弟子正在晨读。

莲安瞥到窗外的韩羽烟，凑将过去："羽烟姐姐，你快先去饭堂用早饭吧，等待会我们这帮子去了可吵到你了呢"

"你叫我姐姐，那可跟你家先生差着辈分了呢，白白便宜了他。你们晨读，怎不见你家先生？"韩羽烟言道。

"他这时候八成还在跟周公会面呢。"莲安笑道。

周公？韩羽烟一时没反应过来。哈，这施隐怎没个为人师表的样子，竟自己睡着懒觉。

韩羽烟依着莲安所指，来到饭堂，见内里两排长桌，当是弟子们所用。进前细观，旁边一个红木方桌，桌上已摆了四碟吃食，一盘豆沙麻球，一盘薄皮汤包，一盘五谷丰登，还有一盘方糕，不知用的是什么馅。

"羽烟姑娘，早啊，我还未去请你，你已寻来了。"眼见施隐端着两碗莲子粥招呼道。

"你今儿早起了？"韩羽烟揶揄道。

"咳咳，是谁在背后编排我，先生我定不轻饶他。"说话间，他将食盘放下，示意韩羽烟落座。

"这双松木筷可是江阳专用的，今天就归你了。"

韩羽烟想这施隐倒也细心。

寂然饭毕，施隐又吩咐小童上了茶水让二人漱口。

"你这方糕是什么馅？清香微甘甚是不错。"

"就你们今天要赏的荷花呀，昨天让厨房摘了几朵，浆洗了花瓣做的馅。我也是每年吃这一次呢。"施隐淡淡言道，仿似这一年一品的方糕和麻球相比并无特别。

说话间，莲安和其他弟子们晨读完毕到了饭堂，各自去后厨领了吃食，一粥一包和两张酥饼。食物的饱腹感让大家甚是放松，整个饭堂渐渐喧闹起来。

施隐领着韩羽烟出了饭堂。

"你平日教他们读些什么书呢？"韩羽烟好奇道。

"《孔子》《孟子》《中庸》《大学》皆有涉猎，《老子》《庄子》亦可解读，想看《孙子兵法》《鬼谷子》也无不可，《本草纲目》《黄帝内经》《伤寒杂病论》是劳烦你的江阳了。"施隐和韩羽烟两人在堂外闲庭信步。

"原来你是个杂家。不像一般先生，盼着弟子们熟读四书五经，日后能金榜题名，也好脸上有光。"韩羽烟言道。

施隐闻言笑道："羽烟姑娘看看我现在脸上有光吗？"说罢他上前一步，引得她畅怀大笑。

"施隐，你又在欺负人了么！"原是江阳健步走来，他额上微汗，是一路走来不停的缘故。原来他早上到了韩府，听得茗岫说韩羽烟昨日下午已来书社，便急急赶来。

"冤枉，江兄，你体格清朗，又精于太极，只怕你欺负我还差不多。"施隐上前来迎江阳，将他和韩羽烟二人带至后院莲池。

"此莲本为东郊的野荷，前几年我泛舟游湖偶然遇见，见它花开十二瓣，甚有佛家十二品莲台的奥妙，便移了几株回来。后来发觉它每年只花开四日，你们瞧着今日开的最盛，明日就要落瓣转衰了。"施隐言道。

韩羽烟见池中花开正好，荷香阵阵。想这莲花光华虽短暂，有他们三人见证这一刻亦是不枉这一度春秋了！

"最是人间留不住，朱颜辞镜花辞树。都道盛极而衰，若能在最盛之时被人见得、识得，何惧衰去呢。"韩羽烟言道。

江阳点了点头。只见施隐指了指江阳："我看他挺会识人，还会照顾人，居家必备。"

江阳闻言，回怼道："我前几日教你的八段锦你练的如何了？我先来照顾照顾你吧。"

三人说笑间，只见小童端上茶盏至池边石桌上。

"羽烟姑娘，听江阳说他欠你一品好茶，你且尝尝这杯可抵得。"施隐引二人落座。

"哦？既是你推荐，可倒得细细品来。"

韩羽烟端起这青花茶盏，轻抿一口，知是青嫩绿芽的茶汤，待茶汤咽下，鼻中略有一丝清香余韵。

"二位，可尝出来了？"

江阳言道："你定用了荷花入茶，草木之味我倒是识得。"

"茶底当是霍山黄芽的嫩芽方是此滋味。"韩羽烟补充道。

施隐拍手称赞："正是将此嫩芽放入莲花花苞之中，静置两日所得。出题者得他人解题，甚是妙哉！"

时至午后，施隐起身去给弟子们讲课："江阳，三月前我托人给你打造的剑已好了，在书房桌上，你带羽烟姑娘一起去看看吧。我先失陪了。"

檀木匣中，一柄太极剑静置其中，约摸三十寸长，尚未开锋。

江阳执此剑来到院中，试了一招蜻蜓点水及一式大魁星式："倒也趁手，不想施隐这书呆子竟也制得兵器。"

"此剑为何未开锋呢？"韩羽烟好奇道。

"强身健体之用，无需兵器之凶煞。羽烟，你且帮我替他取个名字吧。"

韩羽烟略加思索："金玉满堂莫之能守，揣而锐之不可常保。守拙抱阳方才好。就叫它'拙虹'吧！"

二人携剑来至后院，刚巧见施隐手提着一壶酒走来。

"我刚下课后去了厨房，想让你们尝尝碧筒饮。"

施隐命人采了些许带柄的荷叶上来，将荷叶盛上酒，系紧，借了韩羽烟的簪子刺透叶和柄之间的空隙，让酒从空心的荷茎漏下去，他让江阳从荷茎的末端吸酒喝。

"这碧筒饮滋味如何？我道是'酒味杂莲香，香冷胜于水'呢！"

"你说的都对。"江阳不是嗜酒之人，他倒是乐见施隐将一壶饮尽。

三人在莲池旁的石桌对饮，准确地说，是韩羽烟看着江阳劝施隐喝酒。

微风拂过，莲动泛波。

韩羽烟去书房取了施隐的蕉叶琴。

玉指掀波，角音回荡，梵音袅袅，清莲出尘。

施隐闻乐，命小童取了他的紫竹箫前来。箫声阵阵，清丽高远，恰和弦音之流转。

音声相和，甚醉于酒！

江阳见状，执起拙虹。

翩若惊鸿，矫若游龙，剑花似莲花，一步一生莲。可堪妙哉！

第十章 死于非命

八月初五，中秋佳节前十日，晴。

固安楼中，韩羽烟应赵梦儿之邀前来选定今年文魁比试的选题。

今年恰逢科举取仕之年，才子们自是想在这京城一年一度的诗文评比中一鸣惊人，将来有一日功名加身更易得权臣青眼。

按着之前每月评定的第一名，固安楼共发出了十二张请柬，邀其参加中秋日的文魁比试。"青云书院柳湘月""怡红楼师佳佳""正齐学堂齐修""流云书社施隐"……韩羽烟这才注意到竟有施隐的名字。

"流云书社这位是之前谁选定的啊？"韩羽烟问道。

"怎得？你认识此人？不就是你挑的那句'沉醉负白首，舒怀成大观'么！"赵梦儿笑道。

"哈！那今年的比试我就看看他如何出丑。"韩羽烟言笑道。

因着各家情况，最终有十人应了这请柬，固安楼便按这十人名单在厅堂挂了榜文，诚邀京城有识之士共襄盛会，当天酒水五折。

届时大厅入场者均发放和田玉无事牌一枚，雅间入场者赠青玉雕件一件，大厅食客可投一人一票，雅间食客一人两票。

当然，为保证比试专业性，赵梦儿还邀了包括韩羽烟在内的五位历年魁首，一人抵二十票。

韩羽烟真真佩服赵梦儿的头脑，一场比试既赚了银子，又赢了名声，还让食客载"玉"而归，令每届魁首对固安楼感念其深。

转眼至八月初十，比试前五日。施隐带着莲安来到韩府拜访。

"羽烟，莲安平日做活攒了几贯钱，今日带他来上市采买，他花钱买了礼物给你，我是不得不陪他来看你了。说起来，莲安你倒没买过礼物给为师呀。人心不古，人心不古啊。"施隐摇头苦笑。

"羽烟姐姐赏我吃了那么多好吃的，又帮我缝补衣服，当然得回礼才是。"莲安从怀里掏出一个油纸包，打开竟是一方徽墨。

韩羽烟细细打量，见这是松烟墨，她知这墨乃用长于高山瘠地的松树，取其松枝下约八尺主干烧制而成，常辅以冰片、香料和骨胶入墨。她凑近一闻，除了墨香，果有一丝梅香暗浮。

"真乃一方好墨，我很喜欢这样礼物。"韩羽烟言道。莲安闻言笑了起来，露出一排洁白的牙齿，少年稚气亦带英气。

韩羽烟让茗岫带着莲安去往书房挑几本合意的书作为回礼。

"这方墨你出了多少钱？"韩羽烟看向施隐。

施隐闻言笑道："就知你识货，也不至让好墨蒙尘。我只是圆徒儿一个心愿罢了。"

"你可得注意分寸，我可是五日后的评委，可别想找我套题。"韩羽烟故作严肃。

"就是知道你是评委，我才接了这请柬。倒叫你看看，没有你的青眼，我也必夺魁首！"

韩羽烟看着施隐信誓旦旦的样子，暗自好笑。当初她怎么被他那句"舒怀成大观"给骗了呢。

"羽烟，固安楼出事了。"来人正是江阳。

"何事？"韩羽烟迎了上前。

"今儿我去固安楼替他家伙计复诊，忽见一帮衙役前来，原是打扫客房的大姐发现里面死了人。"

"那现下如何了呢？"韩羽烟担心道。

"后来没多久衙役们抬着尸首从后门走了，想来固安楼不愿此事伸张，现在倒也无大事。"江阳宽慰道。

"那就好。"送走众人，韩羽烟到底放心不下，让茗岫备了马车，来到固安楼。

韩羽烟见赵梦儿面容憔悴："我听说了，到底是何缘故？"

"死者昨日入住，是一名四十多岁的男子，衣着朴素，听口音是本地人士，登记的姓名叫何二。并无任何异样，今早打扫的大姐以为他已退房，却不料见他死在房中。身上倒无外伤，衙门已拉回去让仵作验尸了。"赵梦儿细细道来。

"既无外伤，想来应是突发疾病，不必担忧。"韩羽烟宽慰道。

"哎"只见赵梦儿眉头紧锁："只是他手中紧握一字条……"

见赵梦儿欲言又止，韩羽烟追问道："上面写着什么？"

"魁首必死于非命，落款为一记五瓣梅花印。"

在赵梦儿与韩羽烟聊天的当口，应于五日后参加比试的十人竟也都接到同样带有印记的字条："魁首必死于非命。"

施隐见到字条，冷笑一声，焚了将去。

翌日，赵梦儿接到消息，原先应了来参加比试的人又去了一半，只剩了五人，即柳湘月、师佳佳、齐修、施隐和琼山寺的法敬和尚。

韩羽烟劝了赵梦儿要么取消比试为好，赵梦儿却拒绝了取消的提议。倒不是因各项事宜均已准备妥当，票子都卖了出去，只是担心此时取消会招来坊间流言四起，污了固安楼的名声，况且她问心无愧，岂能退缩。

眼看离中秋愈发近了，韩羽烟的不安更加强烈。

江阳煮了莲子绿豆汤送来给她："别担心，且有我在呢，到时安全起见，我陪你去便好。"

"你是医者，又不是捕快，万一有杀手我还担心你的安危呢。"

"我有拙虹呢，必能保护你。"江阳看向韩羽烟。

"一把未开锋的剑么？"

"还有我这个肉盾呢。"江阳笑道。

"噗"韩羽烟忍俊不禁，冲上去抱住他："让我摸摸你这肉盾厚不厚实。"

第十一章 秋心归去

中秋午宴，固安楼中高朋满座，均是为亲眼一睹今年文魁的风采，有首次来见识的闺阁小姐，亦有一届不落的学子痴人。魁首会花落谁家也成了坊间热谈，甚至京城有名的银钩赌坊还为此设了赌局。好好的风雅之局，竟也成了赌徒们的赢钱筹码。

江阳陪着韩羽烟在二楼雅间入座。赵梦儿特地让小二上了壶韩羽烟素来喜爱的白桃乌龙茶，佐以栗子糕和桂花酥。

江阳品了一口茶："桃味清香沁脾。羽烟，你怎地不喝？"

韩羽烟闻言端起茶盏，闻了闻，却又放下："还不是替你的施隐挂心。今日我竟也品茶无味了。"

"想不到羽烟姑娘也会担心我。"施隐的声音自雅间的水墨丹青屏风后飘来。江阳和韩羽烟齐回头，见施隐今日着一身白衣，锦带束发，脚踩湖丝云纹履，手拿洒金绢面折扇，朱唇凤目，面如冠玉，颇有文人风流态度。

"你今日这般打扮倒真真似个白衣才子了，平日着紫衣虽也好看，却不及今日来得清俊。"韩羽烟言道。

"哼，他这恐怕是怕自己比试实力不济，穿得如此俊俏，好得闺秀小姐们的投票吧。"江阳听得韩羽烟夸施隐清俊，不由得心中泛酸。

韩羽烟闻言笑道："那自还是没有江郎你玉树临风，气度不凡。"

施隐以扇掩面："你们二人一个夸我，一个贬我，再一起合伙欺负我，真叫我寒心啊！"

"噗"韩羽烟见施隐情状笑出声来，心绪亦舒畅了不少。

江阳待施隐落座后，拿出备着的狮头三角小香炉，焚了香，递于施隐："你今日比试倒也其次，安危为重，可别让我这个医者担心。"

施隐接过香炉，轻嗅香气，淡淡一笑："我倒要看看谁能伤我。"

说话间，楼下小二鸣锣示意比试即将开始。赵梦儿盛装上台，先施一礼，微笑言道："中秋佳节，吉时美景。全仗各位衣食父母赏脸，方有这一年一度的文魁比试。推贤尊秀是我们固安楼对才子佳人们的敬意，望五位比试者各显其能，以才会友，以艺服人。"

言罢，比试司仪上台宣布比试规则："今朝比试共分两轮，第一轮各比试者可在君子八雅，即'琴、棋、书、画、诗、酒、花、茶'中任选一样展示技艺；第二轮则为命题为文，文章体式不限，题目稍后由赵掌柜揭晓。两轮过后，凭票决出魁首。"

韩羽烟之前着人打探过，五人中柳湘月工于作画，师佳佳尤擅抚琴，齐修各艺均衡，法敬和尚的草书久负盛名。施隐呢？探子处没他的特长消息。

第一轮比试开始，五人一字排开。只见柳湘月提笔作一副飞瀑山水行吟图，可堪是："远看山有色，近听水无声。春去花还在，人来鸟不惊。"

师佳佳则弹了首韩羽烟最爱的《阳关三叠》，指艺精湛自不必说，难能可贵的是吟唱间句句含情，情深意切，唱到："从今一别，两地相思入梦频，闻雁来宾"时，在场众人无不动容，正是"红绽樱桃含白雪，断肠声里唱阳关"，凄美至极。

齐修则一展茶道，他摆出竹韵青金色的六君子茶具套装，一展其艺。烹茶三沸而茶香四逸。"如鱼目，微有声，为一沸;缘边如涌泉连珠，为二沸;腾波鼓浪，为三沸。"法敬和尚则书着狂草，其草书造诣自不必说。

施隐坐在桌边，稳如泰山，只见他叫了小二过去附耳私语。少顷，约莫二十余壶酒送上桌来。

"这书呆子是要把酒都喝完嘛！"江阳暗笑，且不说这喝酒的才艺能不能独树一帜，他真担心施隐喝醉了如何进行第二轮比试。

"这喝酒的才艺也能在固安楼的历来比试中记上独特的一笔了！"韩羽烟笑道。

只见施隐不慌不忙，兀自独酌，待其他四人均比试完毕后，他的桌上还有六壶酒。满场高朋才子们就这样看他饮尽了这酒。

"好！果然是酒中豪杰！"台下不知哪位大哥带头拍手称赞起来，掌声不断，看来酒果真能引人共鸣。

及至比试第二场，赵梦儿上场宣布题目："各位，常言道天下无不散的筵席，文魁比试至今已有五年，此次将是我固安楼最后一次举办比试。"

此言一出，举座哗然，只见赵梦儿解释道："都说盛极必衰，我只愿在这文采最盛之时为大家留个最美的结束。故此次比文的题目即是畅怀固安楼的文魁比试，请各位比试者在一炷香之内完成。"

只见柳湘月等四位端坐桌前，略加思索，挥毫泼墨，偶尔停笔以便构思。唯有施隐，竟然趴在桌上呼呼大睡。

"这书呆子莫不是刚刚酒喝多了，怕是要交白卷了。"江阳不免着急。

"若真交白卷倒是好事，当魁首反倒叫人担心呢。"韩羽烟回道。

　　半炷香之后，施隐猛然起身，提笔挥毫，竟不见一丝凝滞，至一炷香将要燃尽时，刚好搁笔。台下众人暗自称奇。

　　文章各自交由五位评审朗诵。柳湘月诗文称赞固安楼的聚才功绩，师佳佳作赋言道盛会将落的愁情，齐修作词鼓励之后的才子们莫要泄气，法敬和尚则写下佛家禅语叹无常之道。

　　施隐的≪秋心归去辞≫交到了韩羽烟手中：

　　"秋心一叶，书社将芜胡不归？

　　既自以心为形役，没浊浪而独悲。

　　悟已往之不谏，叹来者不可追。

　　关山难越，谁悲失路之人？

　　高朋满座，尽为金玉之客！

　　……

　　木欣欣以向荣，泉涓涓而始流。

　　善万物之得时，感吾生之行休。

　　叹曰：

　　读书三年倦写字，如今翻书不识志

　　若知倦书毁前程，无如渔樵未识时"

　　韩羽烟读罢，满座寂然。见一老者喟然长叹："好一个无如渔樵未识时，返璞归真，可将书卷尽毁矣！"

　　韩羽烟看向施隐，觉得这袭白衣今日流露的或许是他最真实的一面。秋心一叶，可叹人间许多愁！

第十二章 霞衣五梅

"你猜谁会是魁首？"江阳看向刚刚回来雅间落座的韩羽烟道。

"我想着应是施隐，我们要不要从现在起一步不离的保护他呢"韩羽烟急道。

江阳握住她的手："还在统计票数呢，花落谁家还不一定，你等出了结果再替他担心也不迟。"

"怕只怕这花落带杀机呀。"韩羽烟在脑子里过着江阳刚刚所说的话，陷入沉思。

二楼内里另一处雅间，五位比试者正在此静待消息。屋内瑞象三足炉青烟袅袅，五人品茶休憩。

"施隐施主刚刚的《秋心归去辞》纳天地造化之道，破文显功利的我执，实乃妙哉，贫僧佩服！"法敬和尚向着邻座的施隐称赞道。

施隐一身酒气却还清醒，双手合十还礼："大师谬赞，实乃酒醉之徒的狂言悖语耳。"

"施主海量，刚刚落座时身形甚稳，不似酒醉之人。"法敬倒是观察入微，施隐心想。

"哪有哪有，我现在起身就头晕呢"说话间，施隐意欲起身，却似无法动作："哎呀，看来我是真的醉了，竟四肢动弹不得了。"

法敬和尚闻言欲起身扶他，却也忽感无力，他闭气提功："不好，这香有毒！"

只见柳湘月、齐修二人闻言欲动，亦觉四肢酸软，动弹不得。唯有师佳佳一人站起身来。

师佳佳一袭粉衣，头簪芍药，峨眉淡扫，嘴角含笑，忽地抽出一把寒光匕首："我奉劝各位不要喧闹，否则，这把淬了毒的匕首立刻见血封喉。"她牙关紧咬低声道来，在场四人本就动弹不得，闻言更不敢轻举妄动。

"佳佳，你这是怎么了？为什么要这么做？"柳湘月与师佳佳本是旧识，在师佳佳尚未才名远播时常去听她这个清倌弹曲。

"柳兄，我也是被逼无奈，你今日在此也正好为我做个见证。"

柳湘月正在纳闷，听得师佳佳言道："齐修、施隐、法敬，你们三人中谁是五梅盟之人？将我的崔郎，青医客崔宇绑到何处了？"师佳佳右手持匕首，左手从怀中掏出了崔宇的画像。

言罢片刻，师佳佳用匕首抵上齐修的脖颈。齐修急忙言道："冤枉啊，师姑娘，我从未听得五梅盟，也不识得崔宇此人。"

"哼，我已确知崔郎被五梅盟所掳去，而拿到今次比试请柬的人中就混有五梅盟的人。你们无人敢认，我便将你们三都杀了，也算替我和崔郎陪葬了！"

红粉佳人已然血红入眼，见无人敢认，便持匕首刺向齐修的右上臂。读书人哪受得了这刺骨之痛，压低嗓子连连叫屈："此事确与我无关啊，师姑娘，求求你，求求你放了我吧…"

师佳佳无动于衷，眼见齐修血流不止，他终至昏死过去。

"下一个，就是你。"她走到施隐面前。

"师姑娘，卿本佳人，奈何要做杀人凶手。何苦为了一个崔郎，白白搭上自己呢"施隐淡淡言道。

"都道'士为知己者死，女为悦己者容'，我今日偏叫世人看看，我簪着崔郎最爱的淡粉勺药，也可以为他而死！"师佳佳言语疯狂，却也有这一丝悲壮。

她举起匕首，正欲刺向施隐，忽闻法敬言道："阿弥陀佛，施主要找的五梅盟之人正是贫僧，无需为难他人。"

师佳佳闻言放下匕首，转向法敬："哦？那你方才为何不认？"

"方才贫僧尚在犹豫，见齐施主的惨状，不得不坦诚身份，以免再牵连无辜。"法敬坦然言道。

"那你快告诉我崔郎的行踪？如何才能救他？"师佳佳像溺水之人一般，想紧紧抓住这飘忽的希望。

"他人就在我琼山寺晴松崖下。你可随我去寻。"法敬言道。

"我如何能相信你？"师佳佳狐疑道。

"姑娘既然想救人，想必早有准备，大可挟了我去晴松崖，救得崔宇与他远走高飞，如若救不得亦可杀了贫僧，替尔等偿命。"

师佳佳闻言，正在犹豫当口。

外间二楼，韩羽烟猛然起身，吓得江阳一跳，只闻她言："什么魁首死于非命只是障眼法，凶手也如我们一般无法料到谁能夺魁。若有歹心，待五人齐聚即可下手，施隐他们有危险。快走！"

二人急急起身，向二楼另一端的雅间走去，却被人拦住去路。

定睛一看，原是京城上市府衙的洛捕快一班人等，领头的却是个女子。准确的说，是个盔甲齐整，英气十足的带剑女捕快。

"在下六扇门捕头徐霞衣，奉命保护比试者安全，二位意欲何为？"徐霞衣防备地看着江阳，看他身形恐是习武之人。

"徐捕头，他们五人有危险，请速去查看！"韩羽烟言辞急切。

"哦？可我们守在门外，并未见任何异动。罢了，你们在此不动，我先去查看。"徐霞衣言罢转身开门入了内里雅间。

恰此当口，师佳佳刚刚打晕柳湘月和施隐二人，扶着法敬欲从后面的窗子坠绳而下。此间外面刚好对着湄河，小道幽静偏僻，已有一辆马车候在下面。

"休走！"只见徐霞衣眼露寒意，倏然拔出所佩的单锋剑。

兵器相交，电光火石，娇红哪抵寒甲，师佳佳应声倒地。再看法敬和尚，可怜打斗间，匕首横插心脏，大罗金仙亦无力回天。

听得内里打斗之声，众捕快冲进门来，江阳护着韩羽烟亦跟了进来。他俩见施隐倒在椅上忙上前查看。"还好，并无大碍"江阳号脉报了平安。

韩羽烟见师佳佳和法敬流血倒地，师佳佳左手还抓着一副男子画像。

"恭喜施先生勇夺魁首！"正是小二前来道喜，想让施隐前去台上领花。见雅间情况，小二吓得噤若寒蝉。

韩羽烟见状言道："你且去回了众人说施隐醉倒，无法上台，将魁首花团散与各家小姐沾沾喜气吧。"

小二如释重负，领命而去。

厅堂内花团锦簇，喜气洋洋，众人推杯换盏，畅享中秋佳节。

雅间内，一具多情罪孽红颜骨，一缕佛门清净怎奈入世魂。

中秋月夜，月圆花好之夜，施隐在书社醒来见江阳和韩羽烟在房内桌边，心中丝丝感动，像宿醉酒醒般面露憔悴。

他听闻师佳佳和法敬已死，叹了口气，而柳湘月并无大碍，齐修也救回了性命，晴松崖下并未寻得崔宇踪迹。

"你且好生休养，还要恭喜你得了魁首呢。"韩羽烟言道。

"这虚名又有何用"施隐苦笑道。

江阳和韩羽烟叮嘱莲安好生照顾施隐，若有所需及时知会他们。

他二人上了回韩府的马车。

"你觉得法敬果真是五梅盟的？法敬常居琼山寺，那先前伤了唐三、绑你之人是不是也是五梅盟的？"江阳言道。

"不知道。假作真时真亦假，他现在只能是五梅盟的了。只要施隐平安就好。"韩羽烟靠在江阳的肩上，感叹还好有他在，若有一日他也像崔宇一样不见踪迹，她会像师佳佳一般吗？

五梅血煞起，霞衣映寒光。

第十三章 一叶知心

丹桂飘香，层林尽染。秋高气爽胜春朝。

固安楼文魁笔试后，施隐心绪渐好，江阳常常在韩羽烟休憩日来找她去京城各处赏景吃茶。

是日清晨，用罢早膳，韩羽烟在韩府后院庭中静待花开，那朵药香暖阳花。往日闲时，她觉得一人读诗烹茶或抚琴赏花便可自得其乐，而今，她却体会到何谓相见相牵，相识相梦。

曾经的豆蔻年华，她也曾有过鸿雁寄情的倾心之人。钱庄浮沉，亦有显贵富贾有意求娶。

时至今日，她才觉得之前无缘的种种原因都是她内心的借口。在这漫长而又短暂，枯燥而又无常的人生中，真的有人站在那，一抬眼，就走进了心里。

仿似两个灵魂在饮过孟婆汤，度过奈何桥，穿过无际的彼岸花海之后，虽不记得彼此，仍能在相遇的刹那，在心底叹一句，原来你也在这里。

在遇到江阳前，韩羽烟觉得自己是一块顽石，无惧流水冲刷，无畏烈风火烧，而今呢？

如翡翠原石，一刀下去，见翠透绿，如珍似玉，生怕碎了这世间至宝。

韩羽烟思量间，竟不觉有人来近。江阳今日着一袭金沙黄，晨光照在身上，当真似秋日暖阳。

他见她眉头微蹙，以为她多愁善感，在伤春悲秋了，殊不知是对他的患得患失。

"是我不好，让你且等了吧。"

温润之声入耳，韩羽烟回眸见江阳立于身后。他何时来的？他可发现了什么？我可漏了什么痕迹？平日里决断干练的她却紧张了。

见韩羽烟不回话，江阳也跟着紧张起来："你有心事？还是身体哪里不适吗？"说话间，他拉起她的手，意欲号一号脉象，心想这秋深露重，她可别着了凉。

只见韩羽烟反手握住他的手，靠向江阳的左肩，不言不语。

这可吓坏了他。江阳却不敢再动，难道是她恼他今日来晚了？实在因为早上临出门遇到一个急需诊治的病患。他若开口解释会不会让她觉得这是借口呢？

江阳转念又想，羽烟是个通透果决的人，当与寻常女子不同，恐是她真的身体不适。既起此念，江阳更不敢动了，若她靠着自己能舒服些，便是好的。

秋风拂过，庭中枝头枯叶飘落在二人脚下。

"譬如朝露，去日苦多。这落木萧萧，皆因霜风摧残。江郎，常言道好梦易逝，我只觉若真在梦中，便让我不要太快醒来就好。"

她是在眷恋他，所以今日才这般反常吗？江阳觉得心下血涌，感动、激动抑或是怜惜？他只觉得这心悸来的比他的思考还要快。作为一个医者，他竟在此刻无法自医。

"你怎地不说话？"韩羽烟忽而懊恼起来，觉得她刚刚的苦诉衷肠怕是吓到他了，可能他对她的感情还未深到那一步，倒让他为难了。

"我…我只是在想你到底是否有哪里不适…"江阳慌乱间只想到这一个借口。

韩羽烟闻言身形转正，鬓发离开了江阳的肩膀，心下决定不再逼他。

"我今儿没有什么不适，只是等你等的心绪木讷了，刚刚说的话，你莫放在心上。咱们还是准备出府，按之前所约，去一赏琼山红枫吧。"

听到"莫放在心上"几字，江阳如梦初醒，终于反应过来，刚刚定是自己顾左右而言他，从而让韩羽烟以为他不敢认真回应这份感情。

江阳还未来得及弥补表白，已然见韩羽烟飘然离去，向韩府后门而行。他只得跟上前去。

二人对坐马车之中，各怀心事，一个恼自己急而失态，一个悔自己傻木难雕也。

"小姐，我们到了，您二位下车吧。"车夫言道。

二人来到琼山山脚的惜缘亭，此处观红枫景色最佳。

"羽烟，你看，此亭名为惜缘。恰如我此时心境，珍惜当下，珍惜眼前，珍惜你我的缘分。"

江阳凝视着韩羽烟，眉眼含情，淡泊朴实的语调让这份情显得舒适而自然。

正在从食盒里拿点心出来的韩羽烟被这"惜缘"之语弄得猝不及防。

"啊，这…这点心是我早上让小厨房现做的，你…定要尝尝，还特地放了桂花做馅，闻起来可香了。"

白鹭飞过，若是鸟通人语，也是要被这两人给尴尬到了。

江阳咬了咬嘴唇，像是要被刮骨疗伤般鼓起勇气："我闻了，桂花的确幽香，但在我心中，你才是最香的！"

　　说完，不待韩羽烟反应，他两步上前抱住她，将脸埋在鬓发间，仿似真地在闻。

　　韩羽烟心里乐开了花，面上却淡淡地道："那好吧，那我就原谅你早上迟到那么久了哦。"

　　"原来你先前闷闷不语是在恼我迟到？"江阳附在她耳畔言道。

　　"不然呢？难道是因为想你所以闷闷不乐吗？我就是这么小心眼！"

　　"你一个堂堂大通钱庄掌事，固安楼文魁，怎还如此小心眼呢？"

　　"难道你会因我小心眼就觉得我不香了吗？"韩羽烟嘟囔着。

　　"香，必须香！"

　　秋枫红胜火，情真更近人。

第十四章 忠人之事

清晨微光，韩羽烟和茗岫用罢早饭，坐马车去往流云书社。原是施隐邀她和江阳去书社勘订秋冬季给弟子们阅读的书单。

途径下市的集市，菜贩的叫卖声，油条入锅的"嘭呲"，砍价的锱铢必较，让马车中的韩羽烟感受到生机勃勃的烟火气。

忽地，马车停了下来。原是前面围观人群挡住了去路。韩羽烟撩开窗布一观。

"店家，我不管，你必须给我一个炊饼。"一位青布短衫男子说道。

只见摊主膀大腰圆，闻得此言，双手叉腰道："我说小伙子，你看上去相貌堂堂，怎得如此抠门，反正你给我两文钱，我必给你一个炊饼！你要不给这钱，就别妨碍我做生意。"

那男子闻言却也不动，摊主见势便去推他，却撼不得他。

韩羽烟下了车去，向前询问事情原委。原是这男子先前给了两文钱给摊主，钱至钱袋中，不成想被野狗连钱袋一起叼走了。

"哎，今儿开张第一个炊饼就连钱袋也丢了。我这难道还要贴他一个炊饼不成？况且就两文钱，你一个大男人何苦为难我们这小本买卖！"摊主那头正絮叨不停。

"我已付了你两文钱，你就应该给我一个炊饼。这是我认的道理。"男子不卑不亢。

韩羽烟见状劝道："我说这位店家大哥，买卖无论大小都讲究一个信字，你既已收了两文钱，无论后续怎样，的确应该给他一个炊饼。这么多街坊邻居都看着呢，银货两讫才是美谈，略吃小亏也是福气。"

听得韩羽烟的话中道理，摊主不再纠缠："罢了罢了，这位娘子说话中听，我就当接了这福气了，不就一个炊饼嘛，拿去拿去！"

男子拿了炊饼，径直走了去。人群也散了。韩羽烟吩咐茗岫找摊主多买几张炊饼带至书社，顺便照顾下他的生意，转身上了马车。

待茗岫买好上车后，行至转弯处，听得"行行好"的声音，韩羽烟探出头去。

她见先前买炊饼的男子将手中的炊饼一分为二，递了一半给三个小乞丐。

这人倒有意思，一块饼都未必够他饱腹，却还舍出来一半。韩羽烟心想。

当下，她让茗岫分了三张炊饼给将这三个小乞丐。

"姑娘当真心善，一看就不是久居下市之人。今日给他们饼，以后路过可得被盯上了呢。"男子看向韩羽烟道。

韩羽烟笑道："那你也不是舍饼喂人吗？你不也是心善之人吗？"

"我这种求生活的人可没有心善的底气，我只知道多挣几个钱，才能填饱肚子。大发善心不过是你们有钱人的把戏。"言罢，男子头也不回地走了。

韩羽烟心道这人还挺有脾气。

流云书社中，江阳与施隐已烹茶以待了。韩羽烟到后，三人将正事处理完，开始闲聊起来。

"你未到时，刚听得江阳说了这一个月来你们可一起去了京城好几个美景之地约会呢，怎地不叫上我！"施隐笑道。

如果眼神杀有用，江阳的眼神已经足够击倒施隐了。

"施先生你教学课业繁重，我们怎能带你游山玩水从而误人子弟呢！"韩羽烟回怼道。

还未及施隐回嘴，只见茗岫来报："小姐，刚钱庄差人来知会，说是靖王府的王妃鄂宝儿没了，昨夜突发心疾去世了。"

韩羽烟闻言叹了口气："真真是红颜多薄命，她这么好的人儿说没就没了。"

江阳和施隐二人见她正为故人逝去伤心，着茗岫好生照顾，他二人踱出了厅门。

江阳在院中感叹："世事无常，更得珍惜眼前人。我只愿长伴她身边。"

施隐闻言，眼神迷离："几日不见，江大夫脸皮厚了不少啊。"

说话间，韩羽烟出了厅门。

"恐怕我得出趟远门了。"韩羽烟向他二人言道。

"为何？""为何？"二人齐声道。

"这鄂宝儿本为蒙古一部落统领之女，遵父命来到京城嫁与靖王为妃。她与靖王倒也举案齐眉，相敬如宾。

她前几年来到钱庄，将一物托交于我，付了钱庄定金，约定如若她有一日身故，需得由我带此物去一趟草原交给指定之人。

若我早于她身故，则此约做罢。现如今，她既先我而去，我必得受人之托，忠人之事。"韩羽烟娓娓道来。

"路途遥远，你一个没有武功傍身的女子怎叫人放心呢。我需得陪你一起去。"江阳言罢，握住她的手。

施隐知道他俩心意已决，喟然长叹："又要丢我一个孤家寡人应付这群刁蛮弟子们了么！"

午后，江阳同韩羽烟、茗岫一起上了回程的马车。

"你且同我一起去下威远镖局吧。这次山高路远，需得带三五个可靠之人保护才好。"韩羽烟言道。

"由我保护照顾你就够了。"江阳倒是颇为自信。

"我可舍不得你犯险受伤。"韩羽烟回道。

只见马车行至威远镖局门口，三人下了马车，茗岫上前通报来意，郑镖头出门相迎。

"羽烟小姐大驾光临，有失远迎，请内中言话。"郑镖头抱拳行礼。

众人厅中落座，上茶看盏。

"郑镖头，我便开门见山了。贵镖局与我们钱庄素有往来，钱庄主顾的财物也多由贵镖局护送，实力毋庸置疑。

我有一趟差事，得亲自去往草原一趟，还请您安排得力之人护我等安全。"

郑镖头闻言，即命人将局中众镖师召于院内。

郑镖头言道："各位镖师，今有大通钱庄韩小姐一行人去往草原的护镖任务。韩小姐乃我们镖局的贵人，还请大家积极报名登记！"

听闻是大通钱庄的护镖任务，所护又是钱庄掌事，酬劳必然不会少，老道机灵的镖师们纷纷报名登记。

韩羽烟瞥到角落里一个镖师，竟是上午买炊饼的那个男子。

她转向郑镖头："右边角落那个青布短衫的镖师叫什么？"

"他吗？他叫黄英儿，来我们镖局三年有余了，武功倒也不差，人也挺机警，对护镖任务也十分上心，就是有点怪脾气：太有钱人的镖不接，女人的镖不接，先护镖后付钱的镖不接。"郑镖头言道。

韩羽烟听闻，对他这"三不接"甚觉有趣，走向他面前："黄镖师，我想请教，你护镖的原则为何？"

"受人之托，忠人之事。"黄英儿拱了拱手。

"听闻你不接女人的镖，想来是怕麻烦？我这趟镖是先付钱的。你可有意向？"韩羽烟笑道。

黄英儿有点意外，思虑片刻，回道："看在炊饼的份上，可以接。"

什么炊饼？郑镖头听得有些糊涂。但他总归得按镖主的意思办，挑了三个精明能干之人连同黄英儿一起接下了这趟护镖任务。

草原千里路途遥，刀光剑影见分晓。

第十五章 函谷夜谈

京外长亭，折柳送别。

"我知你带的有好茶，可我这菡苕香的霍山黄芽你还是带一罐吧。"施隐拿将一青瓷罐出来，江阳收了放入随身的药箱中。

"多谢。我们约莫三个月也就回来了，你要觉得闷，闲时带着莲安看看山水亦好。"韩羽烟看向施隐言道。

韩羽烟此行除了江阳外，只带了威远镖局的四位镖师，镖师们轮流赶车，连车夫也没带。

茗岫本吵着定要跟随，也被她挡了回去，一则山高路远，二则她不在钱庄的这些时日，得有茗岫去帮忙盯着韩府的大小事宜。

施隐闻言笑道："莲安那家伙有空就寻各种伙计做，活脱脱一个小财迷，不指望他陪我游山玩水了。我想你们的时候抚琴即可。"

"你想我就想我，不要带上羽烟。"江阳故作冷漠地嘲他。

　　"哈哈，江大夫，你当知道医身体病容易，医相思难呀。"施隐言罢，收了笑容："我前日卜得一卦，此行路险行难，唯有处处谨慎，方可化险为夷。万望当心啊。"

　　"人生路本就起起伏伏。你安心，我们一行必定低调谨慎，不招是非。"韩羽烟劝慰施隐。

　　眼看时辰不早，韩羽烟众人即要起行。

　　施隐从怀里拿出一个草编四角星交与韩羽烟："你且将他随身放着，我可安心。"韩羽烟只得应声点头，收将怀中。

　　江阳见状："我的呢？"他伸出手去。

　　"击掌为助！"只见施隐拍了拍他的手。

　　"架！"黄英儿架着马车启程了，另三位镖师策马相护，韩羽烟和江阳透过车窗看到一袭紫衣立在亭中，愈来愈远。

　　韩羽烟一行人白天脚不停歇，遇到驿站即出钱换马。

　　夜晚住宿则三间房间：韩羽烟一间，江阳一间，四位镖师每两位轮换休息在一间，因需要各一名镖师在韩羽烟和江阳房门口保护。

　　行至第十五日，众人来到与蒙古国交界的关隘，函谷关。此关因在峡谷中，深险如函而得名。

　　守关兵士照例盘查通关文书，韩羽烟一行人拿出由大通钱庄代为申请的通关文书，上面写清楚了通关缘由为商事往来。

　　兵长细细阅来："你们不能通关。"

　　"何故？"韩羽烟颇感意外，大通钱庄常有来往于蒙古国的人员，每次的通关文书皆是同一样式，未有问题。

　　兵长结结巴巴道："只因，只因最近与蒙古国关系紧张，为防细作混入，商事往来暂且停止。"

　　这可如何是好？韩羽烟心下一咯噔，已至此处，断不能随即返回。一行人至附近客栈安顿，打算从长计议。

　　"羽烟，莫着急，事缓则圆。我观今日兵长态度似有所隐瞒，咱们得弄清缘由才好。"江阳沏了一壶安神茉莉茶端将进来。

　　韩羽烟品了一口茶，定了定心神："江郎言之有理，是我大意了，明日清早，我想办法去拜会守关令尹。"

　　晚饭时间，韩羽烟和江阳及黄英儿众人一齐至客栈一楼用餐，下楼时，韩羽烟瞥见楼下一桌坐着一位熟悉的脸庞。

　　她和江阳坐一桌，黄英儿四人坐一桌，菜式标准倒是一样。

　　落座之后，韩羽烟向刚刚那人方向定睛一看，她坐姿挺拔，红绸束发，黑底红面的衣衫，桌上放一把剑，好生眼熟。

　　是她，徐霞衣！未着甲胄的她差点让韩羽烟没认出来。

　　韩羽烟扯了扯江阳的衣角，"徐霞衣"她低声道。

　　江阳抬眼刚好正对着徐霞衣，他思忖着这徐霞衣怎地恰好出现在此处，她乃公门中人，或可向她探探今日兵长口中虚实。

　　只见江阳起身走将过去，拱手施礼："徐捕头，好久不见，今日在此巧遇，也是有缘。"

　　徐霞衣既为捕头，自有识人不忘的本领，她识得眼前之人乃当日固安楼中欲进雅间之人："兄台无需多礼，一面之缘，未曾请教兄台尊姓大名。"

　　"免贵姓江，单名一个阳字，此次是陪好友韩羽烟一起行至函谷关。"江阳回道。

　　徐霞衣闻此言，看向江阳身后桌边的韩羽烟，点头致意。

　　韩羽烟赶忙起身，过来回礼："徐捕头，咱们能在函谷关偶遇，亦算有缘。若不嫌弃，不妨与我们一共用餐可好？"

"恭敬不如从命。"徐霞衣坐到韩羽烟这桌来。

这徐霞衣常年在京城公干，识得不少酒楼老板、钱庄掌柜，与韩羽烟聊起来竟有几位共同的友人，渐渐熟络起来。

"二位是要出关吗？"徐霞衣问道。

"确是，但…"韩羽烟将今日所遇情状一一道来。

徐霞衣听罢略作思索，言道："可否告知你们去蒙古国到底为何事？如若我替你们担保，想来令尹会放你们通关。"

"请随我来。"韩羽烟叫了黄英儿将所护宝盒拿至房中。

她拿了随身携带的钥匙，当着江阳、徐霞衣和黄英儿的面，打开了这檀木宝匣。

众人凝神细观，原是一枝珍珠珊瑚步摇，做工考究。

"此物有何特别？"徐霞衣以一个捕头的敏锐觉得千里迢迢护送此物去草原，必有原因。

"各位都不是外人，且听我说这步摇的来历。这步摇属于已逝的靖王妃鄂宝儿。而赠她这支步摇的乃是她的青梅竹马，现今蒙古另一部落的首领，名叫朵木青。

他俩当年也曾是一对有情人。故鄂宝儿希望有朝一日，若她神随身灭，则能将此物归还，也算在曾经的有情人心中留个白月光般的念想。"

闻言，徐霞衣叹道："竟是一对苦命不得相守的有情人…"

少顷，又见她言道："各位放心，我明日会替大家做保，料想通关应不成问题。但既然做保，草原之行我需得同大家一起去。"

韩羽烟本不想将前路行程加入公门之人这个变数，但眼下却也无可奈何。

她闻言浅笑道："由徐捕头一同前往自是最好，只怕我们一行前去时日不短，误了您的正事。"

"不打紧，就当放了一个长假就好。"徐霞衣也浅笑道。

函谷险峻风云起，步摇藏情夜月寒。

第十六章 锦上添花

清晨露起，徐霞衣一早出了客栈寻守关令尹而去。

韩羽烟邀江阳和黄英儿至房内议事。一是嘱咐黄英儿稍后再去集市采买点供徐霞衣用的帐篷、干粮等物资，二来则是将珊瑚珍珠步摇从檀木宝匣中拿出，将步摇交与黄英儿贴身保管。

"黄大哥，这步摇交与你我是最为放心的。稍后咱们出了关，关外凶险难测，这些银两分与大家随身带着。若其他三位镖师兄弟与我们走散，就让他们回京便好。

若咱们三人走失，我们按这地图上的地点汇合碰头。若你十天之内等不到我们，就烦请带着这步摇直接去寻朵木青。"

韩羽烟说着拿银子交与黄英儿，又将三张地图分与江阳与黄英儿。

"韩小姐既信任我，我必尽心竭力。"黄英儿抱拳言道。

"这只是以备不测的方法，而且，我自然相信你会尽心，只是这步摇虽是故人的一份情谊，亦不比性命重要。

若遇凶险，当请舍了它保全你自己便好。切记切记。"韩羽烟劝道。

黄英儿也算是镖局行当里的熟手了，常见镖主视镖物为珍宝，将镖师受伤乃至丧命当成应该的，以为自己用了银子便该当如此。

今日闻得韩羽烟言语如此诚恳关切，一个大男人竟也红了眼眶。

　　"是，我记下了。"黄英儿点头道。他稍后起身离开客栈去了集市进行采买。

　　韩羽烟又拿了一袋银子递与江阳。江阳却未收。

　　"你这是何意？一来我不会用你的银子，二来我不会和你分开。"江大夫直接而爽快表达了不满。

　　韩羽烟见状，眼神流转，问道："那我且问你，若咱们当中一人遇着小偷丢了钱袋，另一个多备了些银两难道不好？

　　再者，若咱们万一走失，另一方用多些银子买一匹上好的骏马前往约定点回合，岂不是能早点见到彼此，早点安心吗？"

　　江阳一时语塞。

　　韩羽烟将银袋交与他手上："这且是我预付你的诊金呢，不说以后万一有个头疼脑热的得麻烦你，就说一日不见你，如隔三秋，你是我的药，这是药钱呢"

　　"你…这，那好吧"江阳脸红了。

　　韩羽烟见状双手托腮坐着，盯着江阳笑开了花。心道这后面一路若能一直这般轻松倒好。

　　晌午时分，黄英儿前脚带着帐篷、物资等回到客栈后，徐霞衣也回至韩羽烟房内。

　　"羽烟姑娘，这是令尹的手书，咱们稍后通关无碍。"徐霞衣落座言道。

　　韩羽烟闻言笑道："徐捕头出马必定无忧，只是辛苦您陪我们跑这一趟，倒叫我过意不去了。"

　　韩羽烟拿起茶壶为徐霞衣倒了一杯菌苔香的霍山黄芽茶，滴水不漏。

徐霞衣端起杯来抿了一口："羽烟姑娘客气。这茶倒是香味别致，好似以前在哪喝过，却一时想不起来。能陪你们去趟草原，倒是我沾光一游了。"

众人用罢午饭，各自打包行李，启程通关。过关顺畅无碍。

黄英儿赶着马车载着韩羽烟和江阳，马车还载着各样辎重。其他三位镖师策马相护。

徐霞衣佩单锋剑，骑白马，英姿飒爽。

行了约莫一个时辰，韩羽烟见路边有茶摊，示意众人在此稍作休息。

大家分两桌落座，此处已是关外，店家沏了两大壶奶茶端送每桌一壶。

韩羽烟尝了尝，想这茶叶虽细碎，加上草原的奶味却别有一番风味。

茶将喝尽，只见三个蒙古族装扮的汉子走将进来，于旁边落座。用蒙语招呼着店家。

黄英儿起身走了过来："各位，日头也不早了，咱们还是尽快启程吧。今晚料是到不了市镇了，需得在前面寻得合适的地方扎帐篷。"

韩羽烟一行离了茶摊，继续赶路，行了约莫三里地，听得黄英儿低声向马车内言道："那三人还跟在我们后面呢！"

韩羽烟和江阳闻言，透过马车窗帘缝隙向后面观察，果见刚刚茶摊的三位蒙古汉子配着弯刀，骑马在后。不紧不慢，似是有意，又像无意。

"不打紧。咱们且正常走着便是。"韩羽烟回了黄英儿。

　　江阳示意韩羽烟坐得离他近些："我这个肉盾关键时刻还是能保护你的。"

　　言罢，却闻得"吁"的一声，马车停了下来。

　　"各位不是我草原人士，既要通过，必付代价！"只见另有两个蒙古汉子持刀跨马挡住去路。

　　韩羽烟拿了一袋银两，交于黄英儿耳语了几句。

　　黄英儿跳下马车，走上前来："二位草原勇士，这袋银两赠与你们，还请行个方便。"说罢，双手将银两奉上。

　　只见二人闻言先是一愣，似从未见过如此顺利的打劫，沉默片刻，领头的汉子喊到："你们这是欺我们贪财怕死吗？既然遇着我们草原双煞，必将刀上一拼！"

　　言罢，二人举刀冲向在前开路的镖师三人，徐霞衣在旁尚未拔剑，心想先看看这二人实力再说。

　　两方刀剑相接，方来回几个回合，只见原跟在马车后的三位蒙古汉子策马冲向前来。

　　江阳原以为他们要从后偷袭，将韩羽烟紧紧护在怀中，防她有恙。他却从窗中见三人冲向前面帮助镖师三人对抗"草原双煞"。

　　六对二，形势顿时压迫偏倒。不一会儿，这对"双煞"便上马退逃了。

　　韩羽烟见状，出了马车向三位道谢："多谢三位勇士路见不平，拔刀相助。"

　　"这位姑娘客气，我叫帖木儿，这'雪中送炭'是我们应该做的。"只见领头的胡子大汉言道。

　　黄英儿闻言怼道："哟，您不仅会中原话，还会成语呢。但没有你们，我们也未必对付不了这两个煞星，雪中送炭是词不达意呀！"

"哈哈哈"帖木儿朗声笑道："那是我帖木儿高看自己了，那我们这就算是'锦上添花'吧！"

韩羽烟心道这三朵花却不知是何来意。

第十七章 夜枕星河

秋风萧萧，草色遍黄。韩羽烟一行继续赶路。

帖木儿策马行在车窗旁："姑娘，我看你们向北赶路必经过我们部落，眼看天色将暮，这里离边关近，常有盗匪出没，不如今晚你们便去我们部落落脚吧！"

"多谢你的好意，待我与他们商量一番。"韩羽烟回道。

江阳对此无甚异议，毕竟在部落里扎帐篷比在荒郊野外安全的多，且不论是否有盗匪，野狼出没也是隐忧。

"我只怕帖木儿不怀好意，他说这里常有盗匪出没，那他们恐也不是善类。"黄英儿一针见血。

"不入虎穴，焉得虎子。若他们真有所图，我们躲着，他们也会尾随。"韩羽烟言道。

三人低语密谈了一番，决定去部落扎营，见机行事，若遇异动，伺机而逃。

韩羽烟又掀开马车车帘："徐捕头，帖木儿兄弟盛情相邀，咱们晚上就去他部落扎营了，你觉得妥当吗？"

"悉听尊便。"徐霞衣淡淡回道。她才不怕去什么部落，单锋剑在手，一般的盗匪毛贼也困不住她。

暮色将至，草原的夕阳晕染了地平线。韩羽烟透过车窗看到这抹橘黄渐渐沉去，她挪到江阳的身边，靠上他的肩，草药味若有若无。

"你这在嗅什么？车马劳顿，是想闻我臭了没有吗？"江阳调笑道。

韩羽烟闻言心想这江大夫越来越像施隐一样幽默了。

她抬头又凑近他耳旁闻了闻："还好，没有臭掉。我本来是想跟你感叹'夕阳无限好，只是近黄昏'的。而今无暇去感伤夕阳了，只因你的草药香气太好闻了，就像一只香包一样。"

"香包不就是草包吗？"江阳故作不满。

"我喜欢草包。"

说话间，一行人入了帖木儿三人的部落里落脚，天色也刚好完全暗了下来。

黄英儿带着镖师们在部落边缘处找了块地方扎三顶帐篷：韩羽烟江阳一顶，徐霞衣一顶，镖师们一顶。

帖木儿见他们忙活着，让跟着的两个兄弟上去帮忙。

他走将韩羽烟这边："我先回去了，各位待会安顿好，跟我这两位兄弟一起到我家来吃肉喝酒吧！"

"多谢！那我们便叨扰了。"韩羽烟拱手施礼。

篝火燃起，马头琴响，蒙古包四散其外。大家听闻有客人来，纷纷聚到首领帖木儿家的篝火前，或带上羊排来炙烤，或带上马奶酒来共饮，还有奶酪、奶皮子、奶果子一应吃食，以及刚刚熬煮好的奶茶。

帖木儿招呼韩羽烟一行人落座，介绍了身边妻儿。草原儿女的皮肤自然麦色，眼神明亮，笑容动人。

众人推杯换盏，载歌载舞。韩羽烟滴酒未沾，只饮了几口奶茶。镖师们按吩咐也注意饮酒的度量。

徐霞衣遇到敬酒的汉子则一饮而尽，颇有江湖儿女的豪气，全无公门中人的扭捏。

"不好啦！快来看看额吉！"帖木儿听到这蒙古语的呼救赶忙去往帐篷查看。

韩羽烟示意其他三位镖师原地不动，徐霞衣还在喝着酒。她叫了江阳、黄英儿去了帐篷里查看。

只见帐篷里面一位银发奶奶躺在床褥上，神情痛苦，似要呕吐。

江阳欲上前查看，却被黄英儿拉了出来。韩羽烟跟着二人也到了帐篷外。

黄英儿低声道："我刚刚来的路上四处观察，竟发现下午那一对草原双煞的马匹在这里，我认马的功夫可是一绝，绝无走眼。咱们不如趁乱离开吧。"

江阳面露难色："眼下病人遇疾，我不能视而不见。不如你先带羽烟离开，我随后再来。"

韩羽烟闻言，却不愿留他一人在此。三人一番挣扎，决定先救人再说。

江阳上前言道："鄙人姓江，在京城经营医馆，略通医术，烦请让我看看病人情况。"

身边家人言道帖木儿的额吉（妈妈）从下午自草原寻羊仔回来后便卧床休息，晚上忽而高烧呕吐，并不见有外伤和旧疾。

江阳号了脉，又细细一一观察额吉的手、脚、脸和脖颈。终于在其后颈处发现一枚小小的蜱虫。

"此虫虽小，致病却急。"江阳言道。他让帖木儿寻来些许灯油，涂抹于虫咬处，只见虫子慢慢自行脱落下来。

众人松了一口气。江阳又让黄英儿取来了药箱，取了一青瓷瓶，喂了这位额吉两粒清心化毒丸。

"帖木儿兄弟，你且安心，令尊稍事休息便好，好在驱虫及时，应无大碍。"江阳安慰道。

大胡子帖木儿双手交叉抚肩鞠躬以示感谢。他嘱咐家人照顾额吉。将江阳三人带至旁边蒙古包内言谈。

"江大夫，你们是我额吉的救命恩人。我不能欺瞒你们，不然长生天也不会原谅我。"帖木儿向他三人袒露心迹。

"我知最近有一群中原人会途径此地去寻塔扎部落的朵木青。他们带着塔扎部落宝藏的秘密。所以我最近一直带着兄弟们在函谷关外巡游。

今日见着你们，我见你们不似普通的游商，便想引你们至这里。本打算谎称自己是朵木青的人来套近乎呢。"帖木儿是个粗中有细、直爽豪气的大胡子。

韩羽烟心想这帖木儿确也实诚："我们此行的确是为了寻访朵木青，是因为故人之托交一样东西给他。但却不知跟什么宝藏扯上关系。"

"无论你们给他的东西是不是跟宝藏有关系，这消息恐怕已遍布草原各部，你们后面这一路还需多加小心。"帖木儿关切道。

韩羽烟点头称是。

"那下午那一对双煞也是你的人？"旁边的黄英儿言道。

帖木儿闻言尴尬笑道："确是我们部落的，本想跟各位不打不相识来着。"

黄英儿闻言哈哈大笑："你一个蒙古汉子还知道'不打不相识'呢！"

韩羽烟也跟着笑了起来，只见江阳指了指窗外人影。

韩羽烟欲定睛细观，只见人影飘忽而去，人影佩剑，想必是她。

她也是为了这流言而跟来的吗？韩羽烟心中疑惑。

帖木儿随韩羽烟三人回至篝火边。韩羽烟不见徐霞衣人影，镖师们只道她不胜酒力已经回去了。

天苍苍，野茫茫。苍穹之下，风过火起，众人在马头琴声中共度这草原沉醉的夜晚。

"你数数有多少星星？"韩羽烟头枕在江阳的腿上，仰望这漆黑夜空中的星辰。穹顶不带一丝云彩，星点闪烁仿似唾手可得。

"我可数不清。可能就跟你的发丝一样多吧。"江阳伸出手来摸了摸她的乌青长发。

夜枕星河，善缘善果。

第十八章 风雨贵人

清晨微凉，曙光升起。

韩羽烟拿银两找帖木儿为大家置办了蒙古族服饰鞋履，穿上蒙古族的行头，后续行程将不致那么扎眼。

"这是我用蒙语写的书信，从此处至塔扎部落路上，若需至部落扎营，可出示此信。我只道你们是我的汉族好友，去塔扎谈生意，请他们行个方便。"

帖木儿将写有蒙语字迹的羊皮卷交与韩羽烟。

"帖木儿兄弟的情谊我们铭记在心，待我们回返必来拜访，或请有朝一日去往京城大通钱庄做客。"

韩羽烟言罢，取了腕上的天山翠春带彩的玉镯，赠与帖木儿女儿。

帖木儿知晓韩羽烟的意思，若他们安然回返，他们还能相聚；若有何不测，长久不来，他也可去往京城报与消息。

"我在此备好酒待各位归来！"

众人启程赶路，按帖木儿的指点，去往下一个可以扎营的部落。

因着帖木儿相赠的羊皮卷，加上韩羽烟为人亦相当大方，所经过的部落皆对这批蒙古族打扮的中原商人以礼相待，甚是热情。

七日后，韩羽烟一行人离塔扎部落愈来愈近。按地图来看，再花两天时间，向东绕过前方的一小片沙漠，就能到塔扎地界。

是日清晨，一行人又出发向前。韩羽烟因连日赶路，身体略有不适，只觉阵阵头晕。

江阳看出韩羽烟的异样，将她揽入怀中，号了号脉，从药箱中寻出膏药来贴于她脑门之上。

"不要…贴…"韩羽烟低语道："这样太丑了，我不要你看到我的丑样子。"

江阳却也不听她的话，三五下贴好膏药："你怎突然小孩子气了呢。一来作为病人你要听大夫的话，二来在我心中你怎样都好看。以后你满脸褶子，牙齿都掉光了的时候，一样还有我陪着你呢。"

韩羽烟闻言，先觉心中甜蜜，又觉好笑："哼，到时候你肯定老眼昏花了，还看得清我脸上的褶子么！"

"停下！"黄英儿眼神颇好，他远远见前方缓坡似有人影浮动。

"黄大哥，出什么事了吗？"韩羽烟掀帘问道。

此时，徐霞衣亦策马过来。

黄英儿将疑虑说出："前方若有人借缓坡埋伏，我们上前必被包围，将陷入被动。不如先派一人上前查探，若有危险，便从长计议，另选其他的路。"

"这样比较妥当。"徐霞衣应和道。

韩羽烟正犹豫着让谁去打探的当口，只见黄英儿跳下马车，换了另一位镖师来赶车，他翻身上马。

"我去前查探一番，若不见我回返，你们便见机行事，咱们或可在塔扎再相见！羽烟姑娘，只要我有一口气在，必忠君之事。"黄英儿言罢，策马离去，背影愈行愈远。

"言出必行，真英雄也！"江阳叹道。

韩羽烟握紧江阳的手，盯着黄英儿的背影，想起那个为了两文钱"斤斤较计"的他。

她怀疑自己当初为他解围是不是连累他今日反倒遇险，风萧萧兮草无言，但愿他怀中的步摇能保他当下平安。

一刻钟过去，未见黄英儿回返。韩羽烟心下预感不好。

"前方有人影策马而来，看样子有十余人。"徐霞衣观察道，她拔出单锋剑，摆出一战的气势。

韩羽烟见三位镖师情神紧张，分了些银两，安慰他们若遇刀兵混乱，则自行寻生路回返京城。

她凑近江阳的耳边："待会若有追兵，我们往沙漠方向逃。"草原上一马平川，必定无法甩掉对方的快马，唯有进入沙漠才能摆脱。

"好"江阳将贴身的包袱、水袋系于身上，拙虹剑放在身边。

眼见对方逼近后停下，听得粗犷的声音传来："交出韩羽烟，乖乖束手就擒！"

语罢，一群人策马逼来，执剑佩刀，远远望去却是中原人的打扮。

　　"他们的目标是我，你们且寻生路去吧！"韩羽烟让赶车的镖师与另一镖师乘一匹马，命他们三人速速离去。

　　江阳见状，握住马车缰绳，调转车头向西北边沙漠，挥鞭而去。

　　徐霞衣见状，收了剑，亦随着马车而去。

　　马蹄声疾，眼看追兵快要追上马车，一片飞沙金黄出现在眼前。

　　江阳拉缰停车，韩羽烟同时抱着拙虹剑跳下马车，牵起他的手。二人急急跑进沙漠。此地名为鸣沙湾。

　　二人跑了一段，见前方沙丘有陡坡可下。

　　江阳便让韩羽烟屈膝蹲下，将拙虹剑横过来踩在脚下，双手抓住剑的两端，从沙丘上一滑而下。

　　他自己则抱腿屈膝，后背靠着沙丘一滑而下，好在他有功夫在身，顺利到了丘底。

　　韩羽烟见状，脱了米色披风，拉着江阳靠坐在沙丘底端，盖住二人身体。

　　黄沙茫茫，一眼望去，他二人与鸣沙湾已然融为一体。追兵到此寻觅一番只得无功而返。

　　半个时辰之后，韩羽烟紧握着江阳的手终于松开了。

　　"咱们现在应该往西走，如果方向不错，今天就能穿过这鸣沙湾。"韩羽烟言道。

　　只见江阳从包袱里拿出了司南，定了定方向。二人片刻不敢耽搁，起身便走。

　　"韩姑娘！且等等我！"竟是徐霞衣的声音。

　　韩羽烟以为她刚刚已趁乱离去，不曾想她竟也跟进了鸣沙湾。

　　三人拿出地图看了一番，一路西去。

按地图所示，出了鸣沙湾便到了塔扎部落范围。只要他们三人今日顺利走出鸣沙湾，后面应能顺利见到朵木青，韩羽烟心想。

鸣沙湾天气干燥。依着蒙古人的说法，一年能下一两场雨已属难得，能在沙漠中遇到雨的人皆是长生天保佑的贵人。

三人行了大半日的路，刚刚坐下吃了干粮喝水休息。

原本的艳阳天突然乌云密布，未及韩羽烟反应过来，便天降雨水。

"啊…"她忽觉头上吃痛，定睛一看脚下，竟然是冰雹！

她在京城都未见过的冰雹，竟在这鸣沙湾碰到了。不知是好运还是霉运。她千算万算也没想到要带雨具进沙漠。当真是天意难测。

江阳搂过她，将她护在怀中："想不到我这肉盾没替你挡什么刀剑，竟在这挡了冰雹了。"

"你还有心情开玩笑，你可疼吗？"她在他怀中感受到心跳的声音，以及冰雹砸在他身上的"咚咚"，却不见他吭一声。

"你不疼我就不疼。"江阳幽然回道。

飘风不终日，暴雨不终朝。这冰雹来的快，去得也快。

三人虽湿了衣物，却一刻不敢耽搁，继续向西赶路。

终于，半个时辰后，他们的眼前出现了枯黄的草原和各色枝叶的树木。

三人见状激动不已，加快了脚程。刚一走出鸣沙湾，便见地上四位蒙古族少年在磕头跪拜。

他们抬眼看到韩羽烟三人从鸣沙湾走出，身上衣物尽湿，惊诧不已。说了一大段蒙古语。

"他们在说什么？"江阳疑惑道。

徐霞衣言道："说是他们在此放牧，见鸣沙湾天有异象，似有降雨便在此诵经跪拜。"

徐霞衣用蒙语告知他们是冰雹不是降雨，四人更是称奇，连邀他们去家里做客。

韩羽烟望向江阳："咱们这可算因祸得福了吗？"

"这就是贵人出门风雨多啊！"江阳笑道。

第十九章 借刀杀人

静谧长夜，韩羽烟躺在蒙古包内的床褥上思绪沉沉，江阳已在外侧安然入睡。

她想着出关后的种种，预判着明天见到朵木青的情形，还担心着黄英儿的安危。

思来想去，睡意全无。韩羽烟披了衣服，轻手轻脚，走出帐外。

她坐在帐门边，抬头望着皎洁的月光，天空万里无云，仿似白日里的乌云和冰雹从未来过。

今人不见古时月，今月曾经照古人。多少隐秘勾当，多少山盟海誓，多少金戈铁马，多少悲欢离合，月光都曾照见，却又不语。

韩羽烟掏出怀中的草编四角星，想起施隐之前所言的此行凶险。

其实她又何尝不知道呢。她却连累着江阳和黄英儿，迫不得已的借口只是让她良心上好过一点而已。

事已至此，她只有下定决心不退！即便飞蛾扑火，也要让伤害无辜的人付出代价！

韩羽烟正望着四角星出神，忽闻一阵清冷的女声。

"这四角星是你编的么？"原是徐霞衣佩剑而来，她果然时刻都有着捕头的机敏。

韩羽烟起身，将四角星递与徐霞衣："不过是在京城无聊之时编的小玩意而已。徐捕头可是喜欢？"

徐霞衣接过四角星，细细打量了一番："谈不上喜欢。只是跟我一位故人的手法类似。多年前，我求着他帮我编了一只。"

徐霞衣伸手将四角星还给韩羽烟，韩羽烟接过来放进怀中。

"那只四角星现在何处呢？"韩羽烟问道。

"烧了。"简短两字，将故事做了终结。月光下，韩羽烟隐约觉得眼前之人也曾是个心伤的女子。

"羽烟？"韩羽烟听见里边江阳在寻她，转身回返。进门帐前，她回头看已不见徐霞衣的踪影。

今夜，恐不只她一人会失眠了。

翌日清晨，韩羽烟三人让蒙古族少年带路，三人骑马相随，来到塔扎统领，朵木青，帐门外。

"你们三人从何而来？所为何事？"侍卫向内禀报后，只见一位身高体壮的蒙古汉子出来用蒙语问道。

徐霞衣用蒙语表明自己捕头身份，又说明韩羽烟他们受已故晋王妃鄂宝儿所托，来送物品给朵木青的事由。

得知他们三人乃中原人，蒙古汉子用汉语言道："我是侍卫长蒙固，统领身体不适，卧病在床，你们只可一人入内见他。"

韩羽烟跟着蒙固入了内帐，见榻上一位青衣男子侧卧在上，见有人来，不禁咳嗽了两声。

"统领，此人从中原而来，据称是受鄂宝儿所托，有相托的物品交于您。"蒙固说罢，退了出去。

"你且过来点。"朵木青声音虚弱。

韩羽烟走上前来，她原以为朵木青正值盛年，当意气风发，却不料眼前之人是病气绵绵。

韩羽烟拱手施礼，言道："朵木青统领，小女子姓韩，名羽烟，受已故晋王妃鄂宝儿所托，本是要将珊瑚珍珠步摇交于您，无奈来的半途遇到劫匪，步摇现不知所踪。实在是愧对故人。"

朵木青听到"鄂宝儿"三字眼神忽而明亮，听到步摇遗失，淡淡言道："既已丢失，无需挂心。"

"可否借笔墨一用？"韩羽烟赶忙问道。

朵木青指了指旁边的书桌。

韩羽烟走去书桌，提笔绘出了珊瑚珍珠步摇的模样，交于朵木青。

朵木青见图忽而激动不已，指了指桌上的笔，韩羽烟会意将笔取来。

"桃源望断无寻处，马琴声里斜阳暮。"只见朵木青写下此句。

韩羽烟正欲开口细谈，却见朵木青比了个噤声的手势。

"隔墙有耳"他在纸上写道。

"是蒙固？"韩羽烟写道。

朵木青点了点头。

韩羽烟见状忙将纸头丢入帐中的暖炉烧毁。

韩羽烟再次拱手施礼，退出帐来。

她见蒙固迎面走来，朗声道："蒙固兄弟，因我们路途上不慎将所托的步摇遗失，我已将遗失的情况禀明统领。我们在此稍作休息，明日便启程返回了。"

听闻他们明日便离开，蒙固放下心来。即刻安排他们住下，让人好生款待，挑了三匹好马，便于他们返程。

入夜，韩羽烟正与江阳商议如何解决朵木青受困一事，忽见帐中有飞镖来信。

江阳展开信纸："欲救黄英儿，营门东边见。"落款为一记五瓣梅花印。又是五梅盟。

韩羽烟和江阳等至夜深，悄悄摸出营去。

往东行了几步，遇一黑衣人挡路。响起了熟悉的粗犷的声音。

"韩羽烟，若想救黄英儿，说出步摇和宝藏的秘密。"

韩羽烟闻言，略加思索，回道："步摇想必已落入你手，宝藏的秘密需有朵木青的配合方能解开。

如今，他受困于蒙固，若你能帮忙解朵木青之困，我必依约将后续得知的宝藏秘密告知与你。"

"成交。不要耍花招，黄英儿的命就看你的诚意了。"黑衣人言罢离去。

江阳有点担心："咱们这怕是与虎谋皮呀。"

他担心韩羽烟在这纠葛中越陷越深，可为了救黄英儿，的确别无他法。

"为了救朵木青和黄英儿，只能先借刀杀人了。"

韩羽烟看向深夜的星空，不知又有几颗要在今夜陨落了。

第二十章 金刚怒目

晨光已起，韩羽烟走出帐门，见朝晖洒向茫茫草原，心想今日必是漫长的一天。

"你在担心黑衣人吗？"江阳走到她身旁。

"有你在，我什么都不担心。"韩羽烟拉起他的手，将施隐所赠的四角星交与他，淡淡言道："它已随我一路了，且让它也沾沾你的福气。"

谈话间，只见有人来请。

"二位贵客，我们统领有请。"

朵木青帐中，韩羽烟和江阳落座，待朵木青更衣从内帐中走出。

"统领今日气色比昨日好了不少，可是有什么喜事。"韩羽烟起身施礼后言道。

"韩姑娘无需多礼，请坐。我的喜事，二位岂会不知？"朵木青一边落座一边笑道。

韩羽烟闻言复又坐下，轻声道："我们一路行来，未见蒙固一班人，难道是有什么事吗？"

未及朵木青回答，她接着言道："无论如何，定是统领您吉人自有天相，塔扎部落可离不开您。"

"哈哈哈"朵木青闻言不禁朗声笑道："韩姑娘快人快语，那我便直说了。姑娘昨日既已识得那句诗，除了步摇，想必有别的东西还要交于我。"

韩羽烟起身走到书桌边，提笔挥毫，江阳和朵木青见状走近细观。

只见韩羽烟取了随身携带的地图，在地图上所示塔扎部落的范围内绘制了河流、树木和三角的标识。

　　江阳此时才明白，这才是韩羽烟要亲自跑这一趟的真正原因：她需要将脑中所记的秘密告诉能对上暗号的朵木青。

　　"这三角所在便是统领你要寻的地方。"韩羽烟言道。她总算是完成了故人部分所托。待她稍后寻回步摇，便可让鄂宝儿无憾了。

　　"宝儿果然没有看错人，韩姑娘是我塔扎部落的大恩人。"

　　朵木青单膝跪下，低头向韩羽烟行礼。

　　"统领无需多礼，我只求稍后可以带我们一起前去此地可好？此事还牵扯我们一位同伴的性命。"韩羽烟言辞恳切。

　　"好，先请二位回去稍作休息。我召集人手，我们午后出发。"朵木青言道。

　　韩羽烟与江阳二人回到帐中。在帐中桌上见到一字条："有事先行一步。"落款为"霞衣"，想是徐霞衣先行离去，倒也符合她独来独往的风格。

　　"五梅盟的黑衣人便是为这三角之地的宝藏而来？"江阳问道。

　　"他们确是为此而来。但那三角之地所藏倒未必是他们所想的宝藏。"韩羽烟言道："江郎，你先休息，我方才见有额吉在煮奶茶，我去寻一点来。"

　　韩羽烟言罢离了帐中，约莫一刻钟后端着一壶奶茶和两个银杯返回。

　　她沏了一杯递于江阳，江阳一饮而尽。

　　"你怎地不喝？"江阳问道。

　　"突然就没了胃口，可能是水土不服的缘故。"韩羽烟走近抱住江阳至床垫上，言道："休息会吧，让我抱着你休息会。"

　　江阳闻言，伸手摸了摸她的发丝，闭目养神，不觉沉沉睡去。

　　及至他醒来，发现自己手脚被捆，朵木青坐在帐中。

"韩姑娘找我寻的药蒙的你，手脚是她捆的，她只让我派了个向导陪她去了。"朵木青娓娓道来。

江阳闻言，心中犯急，她一人如何应对五梅盟的那群阴狠之辈！"朵木青，你怎如此糊涂！怎能放心让她一人去寻宝藏？"

"我相信韩姑娘，她已将她的安排告知于我。你有什么想问的，晚点当面问她吧。你应该对她有信心才对。"朵木青倒也不急，反倒安慰起江阳来了。

"对了，你们的同伴就在隔壁帐内养伤，慢点等你解了手脚之困你可以去看看他。"

江阳闻言颇为讶异，追问道："你是说黄英儿？你是如何寻到他的？"

"当然是按韩姑娘的指点，我派人前去，只见两人在看守他。"朵木青回道。

江阳心喜黄英儿是安全的，又心忧韩羽烟的安危，又疑惑韩羽烟瞒了他什么，终而一言不发。

韩羽烟这边跟着向导策马扬鞭，二人行了约莫半个时辰来到一座土坡前停下。

"姑娘的骑术当真不错。"向导用蒙语称赞道。

"谬赞。"韩羽烟用蒙语回道。

"想不到韩姑娘不仅精于骑术，还懂蒙语。当真是看不出来啊。"粗犷的声音，黑衣人果然跟来了。

"既然要来草原，怎能没有准备呢。就像您，带着九位兄弟一起尾随，一看就是有备而来。"韩羽烟冷冷回道。

"我已替你解了朵木青之困。你当按约告诉我宝藏之地，你带个向导孤身来此处有何目的？"领头黑衣人问道。

"五梅盟行踪不定，我如何寻到您。但我知道你必会注意我的动向，直接引你来宝藏之地岂不更好！"

"你是说宝藏就在此地？"领头黑衣人略显激动。

"不错。但可惜你有命来，却不一定有命拿！"韩羽烟冷笑道。

领头黑衣人微微一怔，忽又觉得韩羽烟不过是已经在疯言疯语了。

"韩姑娘莫不是急疯了，待我绑了你，看你还有如此嚣张！动手！"领头黑衣人下令道。

韩羽烟闻言怒目道："今日便叫你血债血偿！"菩萨低眉恕世间罪孽，金刚怒目施霹雳手段。

忽见领头的黑衣人猝不及防，被同行之人划断右脚脚筋，瞬间跪地，惊诧不已。

刀兵相交，只见五打四，四人渐落下风，当场被斩杀在地。血染枯草，生命在秋风萧萧中落去，带着惊恐与不解。

"你…你们？韩羽烟，我定要杀了你！"粗犷的声音此时充满了怒气。

"摘了他的面巾。"韩羽烟吩咐道。

"是。羽烟姑娘。"应声之人先是蹲下摘了倒地黑衣人的面巾，又起身摘了自己的面巾。

韩羽烟见倒地之人面容与他粗犷的声音相比清秀许多，觉得似曾相识，细细想来，这不就是中秋节那日师佳佳所持的画像之人嘛！他就是她冒死相寻的青医客崔宇！

只见崔宇抬头盯着身旁之人，惊呼："唐三，是你，你竟然没死！"

只见唐三转头俯看着崔宇，笑道："那日我寻到晴松崖下与你对决，重伤跌入草丛，幸得后面张二爷搜山偶遇相救。当日你蒙着面，可我识得你的声音。今日故人还魂，你可惊喜？"

"你是何时混入我身边的？"崔宇十分疑惑。

"昨夜你和羽烟姑娘碰面后，我们便尾随着你，看你派五人去暗杀蒙固。

螳螂捕蝉，黄雀在后。在他们杀了蒙固之后，埋伏了他们，再顶替他们回到了你身边。"

崔宇闻言，苦笑一声，咬牙切齿看向韩羽烟道："哈！韩羽烟，我明白了，什么宝藏，不过是你引我们追你至此的诱饵。

我只恨，未能替佳佳报仇，若不是你当日提醒众人，她说不定还能找到我，不至于命丧黄泉！"

"青医客崔宇，佳佳她至死都以为她的崔郎是个无辜的受害者，未尝不是一件幸事。"韩羽烟叹道。

"我是守信之人，这里的确是宝藏所在，我已依约带你来此。如若你肯透露五梅盟幕后主使之人，我定放你一条生路。"

韩羽烟低眉言道。

第二十一章 相顾无言

时近日暮，残阳如血。

崔宇颓坐在地上，望着韩羽烟，冷笑道："你觉得我是贪生怕死之人？既已入盟，早将生死置之度外了。"

"可你的五梅盟却不值得你托以性命。师佳佳的死归根结底是因为五梅盟这个因。

若你身形坦荡，又何须躲着她？早可以青医客的身份与她在一起。正是你这难以示人的身份害了她。是五梅盟让你负了她的深情。"

韩羽烟以为，世间任何事情的决断，无非"情、理、法"三字，而"情"是摆在第一位的。

崔宇见情势如此，就算韩羽烟和唐三肯放他一马，五梅盟也不会留他活口，毕竟只有死人才能守住秘密。

他闻言叹道："一失足成千古恨，我也曾立志悬壶济世。只叹天道不公，仁心又有何用，只有成为强者才能生存。刚好五梅盟给了我这个机会。这是我的选择，我不后悔。只可惜，终究负了佳佳。"

"天道恒常。你以为五梅盟让你成为了强者，却不知只是让你成为了阴谋者的一颗顺手的棋子罢了。若你能醒悟，虽只一刻，亦能得道。"韩羽烟走近崔宇，俯身向他伸出手来。

"哈哈哈"崔宇忽而仰天大笑："今日败于你手总好过死于宵小诡计。可是，韩羽烟，你今日所为难道仅仅是兵行诡道吗？你身边就没有五梅盟之人吗？你当真想知道真相？"

唐三见崔宇言行癫狂，怕他伤到韩羽烟，拉着韩羽烟离他远点。

忽见匕首飞至，横插入喉。崔宇呜咽着，说不出话来。他身体栽倒在地，双眼瞪大，嘴角却带着一丝笑意，想着奈何桥上还有着佳佳等他。

韩羽烟和唐三寻着匕首飞来方向看去，只见一袭白色披风策马飞驰离去，徒留背影，看不清面容体态。

唐三吩咐四位手下埋了崔宇等人，他与韩羽烟先行返还塔扎大营。这四人稍后和向导一起返还。

回营路上，韩羽烟心事重重。而今危机暂解，她救了黄英儿，帮唐三报了兄弟之仇，圆了鄂宝儿的托付。她却一点也不开心。

"羽烟姑娘莫将崔宇的话放在心上，他是困兽之语，只会徒增怀疑和烦恼罢了。"唐三在旁安慰道。他方才听韩羽烟和崔宇二人言语，只觉他们太过复杂。他就很简单，有仇必报，有恩必还。

"堂主说的是，是我太过多虑了。而今您大仇得报，以后便多多陪陪嫂子和家人们便好。"韩羽烟平复心绪道。

"这次遇难，多亏羽烟姑娘援手，又接济我的家人们。承蒙大恩，以后唐三随时听遣。"

二人策马返回塔扎大营，远远瞧见朵木青候在营门口。他们终在太阳落山前赶了回来。

韩羽烟向朵木青介绍了唐三，又将宝藏确切位置告诉了他，让他即刻派人去取。实际这"宝藏"是草原人视如珍宝的蒙文《甘珠尔经》。

当年，塔扎部落和鄂宝儿家的部落均马肥兵壮，朵木青和鄂宝儿联手寻得这经书后，双方部族均不肯让步，二人只好密藏经书，谎称丢失。藏书的地图交由鄂宝儿保管。

"羽烟，你可有受伤？"江阳手脚还被捆着，见到韩羽烟急忙问她情况。

韩羽烟赶忙上前将他绳索解开。

"不曾受伤，倒是苦了你。主要是担心你不听劝，执意要去寻我才出此下策。"韩羽烟解释道。

江阳起身，抱住韩羽烟，正欲细细询问她事情经过，却被朵木青的声音打断。

"唐三兄弟和我一见如故，也感谢羽烟姑娘为我塔扎部落带来了《甘珠尔经》，今天晚上咱们需得不醉不归！"说罢，他拉着韩羽烟和江阳出了帐门，与众人一起庆祝。

喧嚣中，江阳未及问出心中疑惑。

韩羽烟这日心身俱疲，饮了几杯酒，便回帐中睡下了。

她本以为会睡个踏实觉，却在梦中闪过血光刀兵和崔宇的脸。这一日，就让它早点过去吧。

翌日，韩羽烟一早便向朵木青辞行。朵木青见她归乡心切，也不挽留。他安排了两辆马车，一辆交于韩羽烟和江阳，还有一辆给腿伤未愈的黄英儿，又赠了上好的马匹给了唐三他们五人，还派两人赶车外加护送。

回程路上，江阳为照顾受伤的黄英儿与他一辆马车。韩羽烟正怕与江阳独处无力解释，也讨得清闲。

一路行至靠近函谷关的帖木儿部落，盛情难却的众人又在此喝酒并留宿了一晚。

帖木儿在酒席间来敬江阳："江大夫，你们安然回返当真是大好事。我却看你怎么闷闷不乐，莫非是跟羽烟姑娘吵架了？你得像我们草原的汉子一样爽气才好呀！"

江阳闻言只微笑着陪帖木儿喝酒。连他自己都未曾察觉，信任就像这酒碗，一旦内里有了裂痕，就算碗表面完好无损，这条缝在碗内也会愈来愈明显。

十日后，韩羽烟终于回到京城家中。茗岫为她准备了许多时兴的吃食，跟她讲了她不在的这段时间里的鸡飞狗跳和坊间趣闻，又给她试了三套新添置的冬衣。去时还是秋日，归来已然要入冬了。

在府中休息了两日，韩羽烟便回到大通钱庄忙碌了。她着人去阳晖堂，想替江阳量一量尺寸，做一套新的冬衣，却被他以看诊繁忙为由拒绝了。

这日中午，应着施隐之邀，韩羽烟来到流云书社吃午饭。她随车带了好几个食盒带到前厅交与莲安，二人说笑一番气氛刚好。

施隐同江阳一起进了厅中，莲安提着食盒退去。三人在饭桌前落座。

"二位，许久不见，可曾想我？"施隐开口打破沉默。

"想你揶揄我吗？"江阳回道。他掏出草编四角星递与施隐，言道："这个还你。多谢你的好意。"

"哎呀，这是我赠予羽烟的，怎地在你这，看来你平安回返也有我这四角星的一份功劳啊。"施隐还不忘为自己脸上贴金。

施隐眼见江阳和韩羽烟二人相顾无言，心叹，他俩冷战，还得自己出马才行呀。

第二十二章 飞雪有情

匆匆饭毕，施隐说到新写了几首诗词，邀韩羽烟去书房赏鉴。

"江大夫，我带羽烟去书房，就劳烦你去厨房，取那套汝窑茶具，沏一壶荷花香的霍山黄芽来吧，我还剩着一小罐，可给我省着点喝。"施隐对着江阳言道。

"知道了。"江阳也不反驳，默然离去。

书房内，因着天气转寒，施隐已早早备了暖炉。

施隐来到桌边研磨，不一会，趁着屋内的暖气，墨香四逸。

"你的新作呢？"韩羽烟问道。

施隐边研墨边笑道："这等研好墨，不就有了么。"

"你就爱诓我。那我来出题，眼看这几日就要落雪了，就以雪为题吧。"韩羽烟拿了施隐的三角小香炉暖手，寻了桌边的矮凳坐下。

"好，若我写的能入你的眼，你需得答应我一件事情。"施隐计上心来。

"施先生你不应该只当个教书先生，做生意讲条件才是你的强项。"韩羽烟怼道。

"呵"施隐浅笑一声，低头专心研墨。少顷，提笔挥毫。

韩羽烟起身走近他身边，待他停笔，拿起宣纸轻声读道：

"梨花满枝风满峡，

江山千里尽入画。

白头蓑翁寒江坐，

犹忆当年梦里花。"

"如何？"施隐笑道。

"你这哪里有雪呢？"韩羽烟故意问道。

"你岂会不知哪里有雪，是想考我么。"

施隐倒也不恼，娓娓道来："满枝梨花是雪，蓑翁白头所落是雪，梦里之花亦是雪。"

"他所忆的梦里之花为何是雪？"韩羽烟问道。

"因为既然是念念不忘的，必然是遗憾的，是心中之雪，终难消解。"施隐望着韩羽烟道。

韩羽烟知道施隐意有所指，并不答话。

"这题我可算是答的入了你的眼？"施隐见韩羽烟不答话，自顾说道：

"那你得答应我一件事，哄哄你的那位江大夫。我知你此去草原必定身心俱疲，和他冷战几天便罢了，切莫给自己留遗憾。"

韩羽烟依旧默然不语，心中却已然松动。这施隐倒真会劝人，她心想。

只见江阳端着茶盘推门而入，将茶壶和三只茶盏放于书桌上。

施隐见状忙走近去倒茶，言道："辛苦江大夫了，刚刚跟羽烟聊聊了几句诗，羽烟有诗要送你呢。"

韩羽烟闻言不由瞪向施隐。

"怎地？羽烟姑娘这一会就忘了刚才的句子了吗？快快拿笔写下来吧。"施隐一脸真诚，毫无破绽。

韩羽烟心下叹了一口气，气出了却也心绪好了不少，提笔写来。

"快去取来一读，可是羽烟姑娘送给你的。"施隐怂恿着江阳。

江阳见韩羽烟搁了笔，走近一观：

"遍行万水千山，石溅波澜，风卷叶缠；

扫却凡思落尘，漫洄迤路，无处沾染；

只惜断桥山水，波光激滟，痴梦轻弹。"

"羽烟姑娘，你这句子一波三折。风卷叶缠的喧嚣我懂，想扫却凡思也罢，怎又痴梦轻弹了呢？"施隐快人快语道。

江阳轻声问道："你只说我是那'凡思落尘'，还是'断桥山水'？"

"你们二人怎如此聒噪。"韩羽烟端起茶杯抿了一口："还是这黄芽茶润口，你们还是先闭嘴品茶吧。"

不及二人反应，韩羽烟饮尽了茶水。她起身向二人告了别，行至书社门口坐马车回返韩府。

"这个呆子，当着施隐的面问我他是不是'断桥山水'，我若认了，岂不让施隐笑话了去。"韩羽烟在马车里自言自语。

忽而，韩羽烟只觉车窗外有人影飞过。有人透过车窗将一封信掷了进来。

她打开信来："合则两利。否则，大通钱庄和所爱之人皆不保。三日后，咏梅山庄满月宴听命。"落款为五梅盟的印记。

韩羽烟心下一紧，看来当日在草原射杀崔宇的五梅盟之人，并不打算就此放过她。

三日后，韩羽烟本要去郊外的咏梅山庄赴宴，这日是庄主刘清梅儿子的满月宴。因韩羽烟与庄主夫人顾竹影是旧交，便早早应了邀请，准备了礼物。

韩羽烟心下权衡了一会，决定依约赴宴。若顾竹影有危险，她或许能挡上一挡。

"大通钱庄和所爱之人皆不保…"韩羽烟不由得暗暗担心。

次日下午，韩羽烟在大通钱庄后堂与众人议事完毕，披了雀羽锦衣裘，走到庭中。她见天色灰蒙，知要落雪了。

"晚来天欲雪，能饮一杯无。"韩羽烟默念，之前秋天与江阳赏枫时，她曾想今年初雪的时候可有人共饮了。却不料，还是愿望落空。

"天气这么冷，你怎么站在这发呆。"是江阳的声音。

韩羽烟转头看到他，心下一喜，再一悲。

"你怎么来了？"韩羽烟问道。

"我来问你昨天那个问题的答案。"江阳走上前来抱住韩羽烟。

良久，江阳松开了怀抱。

韩羽烟觉得这个拥抱能更长久就好了。她抬眼见江阳等着她的答案。

"不过…不过是'凡思落尘'罢了。"韩羽烟低头言道。她盯着江阳的两只鞋履。

只见对方立了片刻，沉默不语。雪花簌簌，飘落在鞋上。

待到鞋子快覆了一层浅白之时，他转身离去。

韩羽烟一直低着头。她待人走远，方抬起头来，已然眼中含泪，泪落无声。

飞雪无情落，落尽寒夜般萧瑟。

独酌泪斑驳，伊人憔悴影落寞。

第二十三章 咏梅山庄

雪夜凄长，韩羽烟回韩府之后便卧床休息。茗岫已在屋内点了银丝炭，被褥里备好了汤婆子。

眼见韩羽烟面色苍白，茗岫摸了摸她的额头，"怎地这么烫"茗岫惊道。

韩羽烟听得茗岫说话，睁开眼来，有气无力道："不碍事，白天着了凉而已，睡一觉便好了。"

"这可怎么使得。一定是之前车马劳顿加上最近您又忙于钱庄大小事情的缘故，我去请江大夫来。"茗岫担心不已。

韩羽烟拉住她，淡淡言道："不要去麻烦他了。我的身子我知道，需要时我自会让你去找大夫。"

眼见拗不过韩羽烟，茗岫只得守在床边，静观其变。

韩羽烟一夜无眠，先是头痛欲裂，熬过去后便是脑袋昏昏沉沉，却思维清醒。

她感受着痛楚，觉得这是老天对自己的惩罚。江阳今日的心痛恐不亚于她。

终于熬到天明，外面雪已停了。银装素裹，茫茫一片。

"茗岫，渴。"韩羽烟言道。

茗岫听闻韩羽烟的声音，从睡梦中醒来，赶忙到厨房沏了壶热水端了过来。

韩羽烟饮尽一杯，一滴不剩。

"放心，我已无大碍。你且去用早膳，着人去请张二爷前来。用完早膳你便回房歇息吧。"韩羽烟面色渐复，微笑道。

"好。你安心吧。"茗岫去了饭堂胡乱吃了几口，赶忙叫着马车载她去请张远浩。

张二爷正披着锦裘在后院赏梅，凌寒独开的梅花暗香浮动，煞是好闻。

茗岫进来道了原委。张二爷赶忙随着茗岫一道出门上了马车，又顺路接上张家常请的大夫，一道来了韩府。

"羽烟，你且如何了？怎不早点去请大夫？"张二爷坐在床边，望向倚着的韩羽烟。

随行的大夫过来号了号脉，看了看舌苔。言道已无大碍。开了一副恢复的药方后，随着茗岫一起出门抓药吩咐。

"我已无碍了。"韩羽烟气力已复。

"无碍便好。你叫我来有何吩咐么？"张二爷知道韩羽烟的性子，病中找他来定有要紧的事。

韩羽烟将收到五梅盟信件的事情如实相告，让张二爷差人多多关注咏梅山庄之人近期动向。

"好，你放心。我会陪你去赴明日的满月宴。"张二爷安慰道。

韩羽烟伸出手来，握住张二爷的右手，言道："多谢。"

张远浩闻言不语，只是一笑。

韩羽烟眼神坚定，看着张二爷言道："五梅盟既然威胁我，我必不能退让。我即便心中害怕也无济于事。终得一博。若我有事，茗岫她还劳烦你好生关照。"

张二爷闻言拍了拍她的手："你的丫鬟还得你自己照顾，你别胡思乱想。"

翌日清晨，张二爷带了两辆马车来接韩羽烟前去咏梅山庄。一辆接上了韩羽烟，一辆让骏哥带着茗岫，还备了些铲雪工具，以防路上积雪残留阻路。

"我已让人细细打探过了。刘清梅家世代居住在咏梅山庄，本是以培植各样园林梅花为生。及到他这一代，已家道中落。幸而他中了前科探花，授了翰林院修撰，也算是光耀门楣了。"张二爷与韩羽烟坐在马车内详谈所探得的消息。

"他现今的夫人顾竹影当年是江湖闻名的侠女，为了他金盆洗手，典当家财，支持他考取功名。我与她，便是那时，她来大通钱庄典当财物时所识。"韩羽烟言道。

"他二人结亲多年未有生育。此次终于喜获麟儿。这娃儿来的也凶险，据说刘夫人怀孕时便胎像不稳，生产时也差点难产，一尸两命。当真是不容易啊！"张二爷叹道。

"五梅盟这次不知道目标是谁，我已让唐三带了两位兄弟等在山庄大门北边，若有异动你就让骏哥去找他报信。"韩羽烟言道。

张二爷点头应道。

及时到了咏梅山庄，刘清梅在门口相迎众位宾客。

韩羽烟在多年前见过刘清梅一面。那时他和顾竹影刚刚新婚燕尔，他丰神俊朗，谈吐儒雅。

如今再见，他已发福了，待人接物间成熟稳重不少。宦海沉浮几年，倒也正常。

韩羽烟提出想先去看看顾竹影和孩子。刘清梅着人领着韩羽烟和张二爷去了后堂。

"竹影，好久不见，恭喜你喜得贵子！"韩羽烟见顾竹影正抱着娃儿坐在屋内，小娃儿眼睛大而灵动，煞是可爱。

"羽烟，你来了。你们快来坐。"顾竹影招呼他们坐下。韩羽烟落座后，从袖中拿出一副和田玉平安锁吊坠，交于顾竹影手中。

"这是秋天琼山寺法会时开过光的，留给孩子带着，只愿他无灾无病到公卿。"韩羽烟看着娃儿，感觉他仿似在笑。

顾竹影连声称谢。此子得来不易，她对他无甚期望，只要平平安安就心满意足了。

三人又寒暄了几句。为防打扰到小娃儿休息，韩羽烟和张二爷退出门来，打算前往宴席厅稍坐。

甫一出门，韩羽烟只觉前面走来熟悉的身影。

定睛一看，原是江阳挎着红木药箱，大步流星，似那日他来大通钱庄首次寻她一般。

四目相对，韩羽烟强作镇定："江大夫也是来喝喜酒的吗？"

江阳看了一眼张远浩，复又看向韩羽烟，淡淡言道："医者不能饮酒，江某以后会更加自省。我是依约来替刘小公子复诊的。二位自便。恕不奉陪。"

言罢，他转身叩门，听得内里言说"请进"之后，进将里去。

张二爷看韩羽烟在发呆，叹了一声："哎，夏日里你替我解了秀芸之困，想不到冬天里我倒教你的江郎误会了。"

韩羽烟闻言，转身离去。张二爷忙追了上去。

"好了，不开你玩笑了。我只是觉得既然江阳出现在此，你又得多担心一个人的安危了。毕竟五梅盟对你提及了失去心爱之人。"张二爷神情严肃。

韩羽烟点了点头，心里暗暗希望江阳看完诊赶紧离开咏梅山庄这个是非之地。

第二十四章 魅影惊情

宴席厅内，觥筹交错。

韩羽烟与张二爷滴酒未沾，静静观察着周围宾客。

此间宾客大多是刘清梅在翰林院的同知和家眷。亦有与咏梅山庄有生意来往的园林主顾。就算是普通的梅枝盆景，若加上刘翰林的题词，在附庸风雅之人眼中，便是身价倍增了。

韩羽烟瞥到坐在角落里的江阳，她猜想是顾竹影留他在此用膳的缘故。

她的眼神不自觉看向他的方向，终与江阳对上了视线。

张二爷看出了韩羽烟的异样，轻声言道："你这么优柔寡断可不像你。你还是找他当面一谈吧。"

韩羽烟闻言，收了视线，淡淡回道："这次就让你看我笑话了。我也是个俗人。"

"你要是俗人，那我岂不是俗不可耐了。"张二爷自嘲道。

只见江阳忽而起身，径直走到韩羽烟旁边："你且随我出来。"

韩羽烟闻言，只得起身随着江阳一起离开宴席。张二爷看着两人的背影，眼神吃瓜，招呼旁边的骏哥去远远跟着，注意二人安全。

江阳走在前面，韩羽烟像做错事的孩子一般跟在后面。走了许久，韩羽烟终于忍不住停了脚步。

"江大人，你有脾气就冲我来好了。天寒地冻，你是要带我去哪？"韩羽烟质问道。

江阳闻言停步回头，解了身上的玄色棉麻披风，披在了韩羽烟的雀羽锦衣裘外面。梅枝残雪，清冷幽香，韩羽烟一时说不出话来。

"我方才遇到茗岫，她说你昨日发烧了。但既有张家大夫给你诊治，你今日气色果然不错。"江阳言道。

韩羽烟听这话里隐约有着醋味。她没忍住笑意："都说同行是冤家，看来江大夫也不能免俗呀。你就为这事拉我来这角落里？"

"这倒不是，我又不是如此小心眼的人。"江阳顿了顿，低声言道："我方才在刘夫人的房中为小公子复诊，她失手打翻了孕中常用的香料盒。她说是刘家祖传的安神保胎的香料，我却觉得有异。"

韩羽烟心下一惊，难道之前顾竹影差点难产是五梅盟下的暗招？

"那你可提醒她了？"韩羽烟问道。

"这倒没有。一来这是我自己的直觉，未得香料仔细甄别，不好轻易下定论；二来若香料果有问题，恐影响到他们夫妻二人的关系，不好妄加揣测。"江阳回道。

"所以你将此事告知于我，是想让我去当这个恶人喽？"韩羽烟故作不满道。

"不是不是。"江阳有点慌神："只是想让你暗中提点一下她。保险起见，若她此后不点这香，就可无忧了。"

"只怕若真有人有心要害她和孩子，除了这香，还会有别的招数。"韩羽烟不由叹道。

二人言罢，一同回返宴会厅。

"你是顾竹影请来替小公子看诊的么？"韩羽烟忽而想到什么。

"这倒不是。是刘庄主之前派人请我来过一趟，今次是按我与他之前约定来复诊的。"江阳据实以告。

　　韩羽烟心想若是刘清梅有问题，何故请江阳来徒增麻烦？若是五梅盟下的暗招，那指使五梅盟这么做的又会是谁？今次五梅盟让她前来，想胁迫她办的又会是什么？

　　江阳看她一路愁眉紧锁，难免心疼。不知不觉，他牵起她的手，拉着她一起走。

　　韩羽烟一心在琢磨此事的来龙去脉，未察觉右手的温暖。

　　"哟，江大夫好手段，不过片刻便牵上手了。"韩羽烟被张二爷的话拉回现实，赶忙松了手。一松手，却又心下后悔了。

　　原来，宴席已散，张二爷便在厅门外等着二人回返。看此情景，不免揶揄两句。

　　"张公子，要论起手段，江某自愧不如。"江阳回道。

　　三人对峙间，刘清梅走近作揖言道："感谢各位今天赏脸。今日午宴是答谢各位亲朋好友，晚上是家宴，拙荆和犬子一起来聊聊家常。韩姑娘是我夫人的挚友，还请留下，明日再走吧。江大夫于我儿有恩，也烦请赏脸留下。"

　　韩羽烟眼见主人如此盛情，只得点头称是，况且她还要会一会五梅盟，她倒希望江阳能拒绝，今日便离开这里。

　　"刘庄主盛情，江某却之不恭。"不料江阳也爽快应承下来。他只是觉得张二爷陪韩羽烟在此，他不甚放心。

　　晚上家宴，气氛比较中午轻松不少。顾竹影和韩羽烟闲聊了一番当午她在江湖上所见的趣闻，眼中光芒甚是动人。不免让韩羽烟感叹，她为了刘清梅放弃了快意江湖的那个顾竹影，当真值得吗？

　　又见稚子的可爱，韩羽烟心下觉得顾竹影有了他之后，那快意江湖便远不及这粉嘟嘟的小娃儿重要了吧。

　　宴席完毕，韩羽烟回到客房中。张二爷和江阳分别在她隔壁的两间客房住下。

夜深人静。韩羽烟欲就寝，刚熄了灯，便见窗纸上映着一个人影，心下一惊。不知这人已在窗外站了多久。

"你是谁？"韩羽烟走近窗户，向外低声问道。

"我是谁不重要。你且听着，明日你去跟刘夫人告别时，将这香粉洒入她房中的香炉内。"言罢，黑衣人推窗将一青色瓷瓶从窗缝中丢入。

韩羽烟听声音是个沙哑的女声，她拿了瓷瓶，放入袖中。

"若我不照做，你当如何？"韩羽烟低声回道。

"我劝你不要试错。若你不照做，我们一样能达成目的，而江阳就会是那个杀人凶手。"对方语气平稳地让人后背发凉。言罢，人影消失。

韩羽烟端坐在这暗夜中，告诉自己要冷静。沉思间，忽听张二爷在叩门："睡了吗？羽烟"

韩羽烟打开门来，原是张二爷放心不下，来确认她的安危。

韩羽烟跟他耳语了几句。送他出了门。

韩羽烟正欲就寝，又闻有人叩门。她边开门边说："你还有完没完？"

开门却见是江阳，不由得愣住了。

"我担心你。"江阳开门见山。

韩羽烟默不作声。拉着江阳进来，关了门，熄了灯，牵着他上了床。

二人和衣而眠，韩羽烟心想，无论明日如何，今晚且让她闻着草药香睡个好觉吧。

第二十五章 彻骨寒霜

清晨雪融，韩羽烟一早便来看望顾竹影。

小公子正在安睡，顾竹影披了梅花团纹锦裘随着韩羽烟来到院中。

"你披着这梅花锦裘真好看，映照着这庭中的梅枝横斜，仿似画中仙子。"韩羽烟不由夸赞起顾竹影。

"瞧你这嘴真甜。我都嫁为人妇多年，早就人老珠黄了。说来，这锦裘却是刘郎与我初遇的那年冬天所赠。他那时家道中落，寒窗苦读，用为数不多的银钱买了这锦裘，这上面的梅花图纹还是他亲手绣上去的呢。"顾竹影的回忆里充满了甜蜜。

"想不到刘庄主还曾是个如此深情细心的人啊。"韩羽烟感叹道。

"你也知道这是'曾经'。"顾竹影浅笑道："曾经沧海难为水，除却巫山不是云。可惜人总会变的，现下我只愿陪着娃儿他平安长大就好。"

"我知你自怀孕起便胎像不稳，还险些难产丧命。你若想保小公子一世平安，眼下可愿陪我演出戏？"韩羽烟凑近顾竹影低声言道。

顾竹影素知韩羽烟为人谨慎，既出此言，必定不是空穴来风。她暗暗点头，将依韩羽烟计划行事。

众人聚在饭厅，用罢早膳。纷纷与刘清梅致谢作别。

韩羽烟上前施了一礼，言道："刘庄主，叨扰日余，我们也跟您告个别。来日春暖花开，我再来看望小公子。"

"韩姑娘客气了，肯赏脸光临寒舍就是刘某的荣幸了。不知可曾跟拙荆告别？"刘清梅拱手言道。

"早饭前我便前去跟竹影告别了，她日夜照顾小公子当真不容易呀。"韩羽烟看向刘清梅，觉着他脸上闪过一丝尴尬。

两人谈话间，却闻下人惊慌来报："不好了不好了，小公子吐奶不止，面色红紫，庄主您快去瞧瞧吧！"

刘清梅闻言赶忙匆匆走去后院厢房，韩羽烟、张二爷和江阳紧随其后。

进得房中，江阳赶紧上前查看小公子情况。

"江大夫，犬子何如何了？"刘清梅问道。

韩羽烟站在刘清梅身后向江阳使了个眼色，摇了摇头。

"这，江某…才疏学浅，看不出来病因。"江阳回道。

只见顾竹影忽而情绪激动，冲向前来，哭喊道："我的儿，若你有个三长两短，我可怎么活！"

韩羽烟见状上前扶她，却见顾竹影情绪激动，忽而昏倒在地。

"竹影，竹影…"饶是刘清梅一遍遍喊着她，也毫无反应。

刘清梅只好起身唤下人将母子两人放于床上，好生看顾。他回至前厅，面对众人，叹了口气，面露悲戚："各位还请自便。犬子突发疾病，我已差人去请大夫。恕不奉陪。"

主人有事，客人们自不便久留，纷纷四散而去。

韩羽烟示意张二爷先走，张二爷心领神会，正欲走出门外，刚巧见骏哥从外面进来。骏哥附耳对韩羽烟说了几句后，便与张二爷一起先行离去了。

"你坐我的马车，我送你回去吧。"韩羽烟对江阳言道。

"那茗岫呢？怎不见她来伺候你。"江阳好奇道。

"她跟二爷和骏哥一道回返，我跟着你，她也放心。"韩羽烟笑道。

韩羽烟与江阳二人行至山庄大门口，眼见马车便在门外不远处，忽有白衣人拦路。

只见来人披纯白棉裘，带斗笠，以白纱覆面，难识面目。韩羽烟只觉这身形似曾相识。

"二位，五梅盟有请。"沙哑的女声，正是昨夜窗外之人。

"好，请您带路。"韩羽烟牵起江阳的手，四目而对，相视一笑。

白衣人引着二人来到后院庭院中。此处僻静，只有墙角一树梅枝独开。

"韩羽烟，你既已向刘夫人和小公子下毒，便没了退路。"白衣人言道："从今以后，你需得听我五梅盟之令。否则，这下毒的香是物证，刘庄主将是人证，你将身败名裂。"

江阳闻言，惊诧不已，看向韩羽烟。只见她走近白衣人，淡淡言道："那请问，即便有了人证物证，我要毒杀顾竹影母子二人的动机为何？"

"这不劳你操心。当然是因为顾竹影撞破了你对刘家祖传的安胎秘方起了偷盗之心，而你也是被情人江阳唆使才做出偷盗之事。见事情败露，又拿了他制的毒香谋害母子二人。"白衣人娓娓道来。

"呵，你们想得还挺周全。"韩羽烟冷笑道。

"办案必须办成铁案。"白衣人回道。

"想要我低头，绝无可能。"韩羽烟的话让白衣人微微诧异。

"好，就算你不怕死，那你忍心让江阳陪你去死吗？"白衣人有点咬牙切齿。

"羽烟都不怕，我怕什么。"江阳朗声道。

　　三人言语间，却见刘清梅走进庭院。他见到三人，身形一怔，返身欲走，被韩羽烟叫住了。

　　"刘庄主既然来了，怎地不来会一会故人。"韩羽烟言道。

　　刘清梅闻言只好转身："韩姑娘，我夫人和儿子还在病中，就不招呼你们了。"

　　"我说的故人不是我们，是她！"话音刚落，只见唐三带着一个女子从屋顶飞下，女子双手被捆，双眼被蒙，口中塞着布团。

　　唐三解了她双眼之蒙，拿出她口中布团。闻得女子睁眼便呼："刘郎，救我！"

　　"碧游，你怎来了此处！"刘清梅脱口而出。

　　"是竹影清晨拿了你贴身玉佩给我，我差骏哥去请的。"韩羽烟言道。

　　"你都知道些什么？"刘清梅突然急红了眼。

　　"是你，早在竹影怀胎之时便哄她用毒香，险害她一尸两命！是你，请托五梅盟想在小公子满月之时害他性命！"韩羽烟只觉眼前之人畜牲不如，愤慨难当。

　　片刻沉默，韩羽烟没有等来设想中的狡辩。

　　"是我，都是我做的。"刘清梅爽快承认了，平稳的语调像是在诉说一件理所当然的事：

　　"她和我结亲多年，未有所出。她对我有恩，又出生江湖，颇有主见。我既无法纳妾，也无法休妻。幸而遇见碧游，我们早已有了一个宝贝儿子，只待合适的时机便可三人团聚了。所以，她必须死。"

　　"你和碧游的儿子是宝贝，那小公子就命当该绝？说什么竹影必须死，只不过是你不想背负纳妾或者休妻的恶名，怕脏了你的羽毛而已！"韩羽烟越说越气，一旁的江阳忙拍拍她的手，示意她切莫动怒。

"哼，随你怎么说。现今都晚了。他们已经中毒，你将成杀人凶手。五梅盟会将这个案子办成铁案。我才是这件案子的苦主。"刘清梅言语间竟有些许得意。

"刘郎，你为何如此对我。"只见茗岫扶着顾竹影走了进来。

人心险恶，霜寒彻骨。

第二十六章 倦书迷踪

朗朗乾坤，天理昭彰。

刘清梅饶是脸皮再厚，见着顾竹影终于面露怯色。他张了张嘴，却没开口。

韩羽烟迎上前去，扶着顾竹影，轻声道："你怎么来了，外面天寒地冻，不宜长待。你刚出月子，还是要为小公子保重自己。"

韩羽烟担心她气坏身体，为刘清梅这样的人不值得，可他俩多年夫妻，被最信任的人背叛岂能不心痛生气呢。

"羽烟，是我求着茗岫带我来寻你们的。多年夫妻，总要有个了断。"顾竹影没有歇斯底里，只淡淡对着刘清梅言道："自用了你的香几日我便感觉不好，幸而娃儿福大命大，才得以活下来。你又何苦一定要置我们母子于死地呢？你只要开口，我自会给你挪位置。"

哀莫大于心死，顾竹影早就感知到枕边人的同床异梦。虽没了爱情，好歹还有亲情。她不愿怀疑他的安胎香，却没想到他竟要赶尽杀绝。

"此生是我有负于你。"刘清梅终于开了口，韩羽烟还以为他要向顾竹影忏悔，却见他目露凶光，言道："你们今日都要将命留下。"

"尊使，请记住您的承诺。"刘清梅看向白衣人。

白衣人观在场之人，除了唐三和江阳，其他人均不会武功。江阳未带兵器，唐三一人挡不了她几刻。

她缓缓拔出剑来，对着韩羽烟言道："自在固安楼见到你的第一面，我就不喜欢你。"

江阳心下一惊，难道面前的白衣人曾出现在固安楼文魁比试现场？

韩羽烟见她欲挑明身份，决定先发制人："徐捕头，草原一别，你怎么声音也哑了。"

"她是徐霞衣？"江阳问道。

"看这单锋剑和这身形，还能是谁。"韩羽烟对着徐霞衣言道："徐捕头是何时加入五梅盟的？你堂堂六扇门捕头何故助纣为虐？"

徐霞衣摘了斗笠和面纱，冷笑道："我就是讨厌你这副自作聪明的样子。你自觉比别人聪明，略施恩惠便可笼络人心。你以为五梅盟是穷凶极恶？行非常之事，必有非常手段。"

"你保刘清梅这种人难道不是恶？你身为女子，当更能体会女子的难处。"韩羽烟质问道。

"公门中人以服从命令为天职。为成大道有所牺牲在所难免。在我眼中，没有男女，只有强弱。身为女子的那个徐霞衣，早在多年前就已经死了。"徐霞衣刀光剑影多年，深知感情是致命的弱点。

刘清梅见两人对话一来二去，怕迟则生变，在旁催促道："尊使切莫心软啊。"

唐三闻言将手中所挟的碧游交于江阳手上，示意他关键时刻以此要挟刘清梅。唐三自己则持刀护在韩羽烟面前。

"我还有最后一个问题想要请教徐捕头。"韩羽烟想尽力拖延时间。

"你说。"徐霞衣成竹在胸，倒也不急。

"在草原之时，你有多次机会可以杀我于无声，为何那时不动手？"韩羽烟言道。

徐霞衣笑道："你那时于我而言不过一个钱庄掌事，何须我亲自出手。"言罢，她想起什么，记恨道："只怪崔宇轻敌，丢了宝藏，也连累我受罚，毁了嗓子。因有人觉得你还有利用价值，才给了你这次机会。"

语罢，徐霞衣剑闪寒光，将要出手："既然你选择了死路，且让我送你们上路吧！"

徐霞衣剑随身至，唐三上前与之缠斗，奈何实力不济，渐落下风。

韩羽烟招呼江阳、顾竹影和茗岫赶紧离开。刘清梅欲挡住去路，江阳将手中的碧游丢与他。慌乱间，茗岫带着顾竹影离开了这庭院。

韩羽烟见顾竹影离开心绪稍安，一转头却见唐三已被击倒在地。

眼见徐霞衣杀招将至，韩羽烟顾不得自身安危，想冲上前去替唐三挡一挡。

她眼见单锋剑落下，听得"啊"的一声，是江阳覆在她身上，后背和右臂受伤，血流不止。

徐霞衣见状，冷笑道："看来愿意保你的人还不少。可惜今日，我定要取你性命！"

韩羽烟望着江阳，四目相对，相视一笑。奈何桥上，无需谁要多等谁几年，共赴黄泉也是一桩幸事。

当此命悬一线之际，张二爷高喊一声："还不住手！"

原是唐三所带的两位兄弟，策马带着张二爷和骏哥分头前去京城上市府衙和威远镖局搬救兵。

上市府衙的洛捕快带着弓箭手随着张二爷及时赶到。

洛捕快见到徐霞衣不免一愣，见眼前情形，上前言道："徐捕头，不论你有何因由，请收了兵器。容我将一干人等带回府衙交由大人定夺。"

徐霞衣知道此刻是她亲手击杀韩羽烟最后的机会。她未理洛捕快，提剑起势。

洛捕快见状夺过一旁的弓箭，一箭飞射，正中徐霞衣右边大腿，她瞬间失衡跪地。

"二爷，快！快来帮忙救人！"韩羽烟的双手满是江阳的鲜血，她在心中祈求满天神佛，帮助江阳度过此劫。她愿意拿自己的一切来换。

众人将江阳和唐三救至房中止血，好在未伤及要害，救回了性命。

徐霞衣的伤口也及时止了血，洛捕快收了她的单锋剑，给她带上了镣铐。

"想不到这副镣铐竟有一日戴在了我身上。"徐霞衣自嘲道。

韩羽烟走近，她实在有点疑惑徐霞衣对她怎会有如此浓烈的恨意。

"你因何突然恨我？"韩羽烟问道。

徐霞衣冷哼一声："哼，草原那夜你说四角星是你编的，你撒谎！"

韩羽烟若有所思，问道："那你刚才所言，你们盟中保我之人是谁？"

"我偏不告诉你。就算他保你，今次你得罪了五梅盟，必将付出代价！"徐霞衣眼中仇火依旧。

韩羽烟陷入沉思，害怕面对自己的内心。

及至她和江阳、茗岫回到韩府，她的心依旧未放下。

少顷，茗岫来报，徐霞衣在回返府衙路上忽而毒发身亡，是自杀还是他杀尚无定论。

韩羽烟听到这个消息，倒在她意料之中，五梅盟绝不会保一个弃子。她见江阳伤势渐稳，亲手喂了汤药待他睡下后，叫了马车去往流云书社。

她在书社门口下了马车，在门口立了许久，不敢推门。

门忽然开了，"羽烟姐姐，你怎来了？"莲安见她立在门口并未叩门甚觉奇怪。

"莲安，你家先生在吗？"韩羽烟轻声问道。

"先生他前日便出远门了。留了不少银子给我，让我照顾留守的几个弟子。还不知道他什么时候回来呢。"莲安回道。

韩羽烟闻言，忽觉悬着的心落下了，她不知如何面对他。

倦书毁前程，迷踪无处觅。

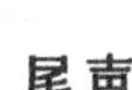

尾声

　　东风带雨逐西风，大地阳和暖气生。

　　立春这日，韩羽烟带着茗岫收拾了轻便的包袱搬入流云书社的客房中。施隐还未归来，她正式成为了书社的先生，教习莲安一众弟子，看顾这群熊孩子。

　　"小姐，你当真要在此久居？你不后悔年前匆匆辞了钱庄的掌事么？"茗岫边解开行李边问道。

　　"钱庄换了新老板，我的离去只是时间早晚而已，何必自寻没趣。"韩羽烟知道这是五梅盟的暗手，这个代价她倒付得起。

　　"莲安这群弟子不能长久没人看顾。我正好闲着，传道授业也是功德。"韩羽烟笑道。

　　言语间，江阳走了进来。茗岫见他来了，拿了茶壶去厨房沏茶。

　　"你今日怎忙里偷闲来书社了？"韩羽烟迎了过去。

　　"我今日休诊。来的路上顺便买了庆贺你成为女先生的礼物。"江阳从怀中掏出一个小布包，打开来，是一只油青豆种翡翠镯子。

　　韩羽烟取来戴在左手上，圈号刚好，她甚是欢喜。

　　"我知道这只远不及你之前在草原赠了帖木儿女儿的天山翠镯子，但我觉得你应该不会嫌弃，毕竟是我送的。"江阳笑道。

　　韩羽烟心道他是脸皮越来越厚了，猛点了点头。

　　"话说，我正想让你帮我瞧一瞧这个。或许有毒，你且当心。"韩羽烟从怀中掏出那日徐霞衣给她的小瓷瓶。

　　江阳仔细甄别，忽而笑道："这不就是我给施隐制的香么，他日常用三角小香炉焚的便是这香。你拿这小瓶装起来是有什么特别的用处？"

韩羽烟闻言一怔，原来施隐早就替她解了这局。若她受胁迫用了这香，也不会害了顾竹影母子的性命。那日在琼山寺给江阳字条暗示她受困晴松崖下之人一定也是他。

"欲洁何曾洁，云空未必空。"初来书社那夜，施隐对韩羽烟言了此句。

韩羽烟不知道施隐经历过什么，背负了什么，是什么让他白衣染墨，成为五梅盟的一员。

是他救了自己的性命，是他暗示她草原凶险，是他劝她莫留白头蓑翁的遗憾。如今他下落不明，究竟是否安好呢？

韩羽烟心绪涌起，悄然落泪。

江阳见状，拥她入怀，劝慰她莫想伤心之事。

入夜，韩羽烟独坐书社书房中。她从包袱中取了之前施隐挑选赠她的松烟墨，研起墨来。

她抬眼见到墙上挂的蕉叶琴，想起夏日赏荷时的琴箫合奏。江阳舞着拙虹的景象亦历历在目。

她提笔挥毫，仿似感受到施隐也如此写过这句话。

"沉醉负白首，舒怀成大观。"

醒，亦在人间。

梦，亦在人间。

www.ingramcontent.com/pod-product-compliance
Lightning Source LLC
Chambersburg PA
CBHW060620310726
48982CB00003B/615